Luca D'Andrea

L'animale piú pericoloso

Einaudi

www.einaudi.it

ISBN 978-88-06-24527-6

L'animale piú pericoloso

per Alessandra,
custode dei miei silenzi.

La danza delle aquile

L'ansia la costrinse a uscire in anticipo, la rabbia a lasciare il mazzo di chiavi in bella vista al centro del tavolo in cucina. Chiusa la porta, tornò a respirare.

Superò il panificio della signora Kircher, il bar di Alois, il Despar, la filiale della Volksbank e il negozio di articoli sportivi del signor Wegener con la statua di Sepp Innerkofler in vetrina. Camminò a testa bassa, sudando sotto la tuta da ginnastica di una taglia piú grande che indossava non per il freddo (i milletrecento metri di altitudine di Sesto Pusteria potevano mitigare, non ignorare quell'agosto torrido), ma perché l'estate era la stagione che piaceva solo alle ragazze che si avvicinavano allo specchio senza sentire le budella fare le capriole.

Dora aveva tredici anni e stava scappando di casa perché portava le trecce come Greta Thunberg, perché leggeva un sacco di libri e guardava ancora piú documentari, perché aveva deciso che il tofu era meglio dello speck, perché sua madre mentiva quando le assicurava che questa ragazza-bruco sarebbe presto diventata una splendida ragazza-farfalla, ma soprattutto perché suo padre, l'uomo che una volta l'aveva portata sulla Croda Rossa ad ammirare la danza d'amore delle aquile, le aveva detto che «certe faccende» non erano «roba per tredicenni».

Attraversò il Rio Sesto passando sul vecchio ponticello di legno e si inoltrò lungo il sentiero che puntava a sud, le trecce bionde che salterellavano allegre e il sottile rimpianto di aver abbandonato sul comodino la biografia di Dian Fossey. Ma fra un paperback ingiallito che ricordava parola per parola e una borraccia in piú nello zaino non c'era gara. Riempire uno zaino non è un capriccio, è una scienza.

Dopo una ventina di minuti sotto il sole infuocato, fra prati verdi da far male agli occhi, il sentiero la condusse nel folto del bosco dove la fragranza di resina si fece pungente, fino a un bivio in cui si fermò per controllare l'ora. Era in anticipo. Riposto lo smartphone, accelerò in direzione est. Cambiò diversi sentieri senza mai esaminare la cartina, perché conosceva la zona come le sue tasche, sostando solo per un sorso d'acqua ogni tanto.

Marciò con il cuore che batteva piú forte mano a mano che si avvicinava alla meta, non per stanchezza e nemmeno perché stava scappando di casa. Il cuore di Dora Maria Holler, nata e cresciuta a Sesto Pusteria, Alto Adige Südtirol – prima della classe in ogni materia (tranne quella che costringeva le Dora di questo mondo a indossare magliette e pantaloncini corti) –, faceva tutto quel chiasso perché aveva un appuntamento, e suo padre le aveva detto che l'amore era come la danza delle aquile.

Strano, pericoloso, e per sempre.

Il carabiniere scelto Melan si era arruolato per poter infrangere ogni norma del codice stradale e in cambio ottenere uno stipendio. Certo, l'aveva fatto anche per via del senso della giustizia, per difendere i piú deboli, per spirito di sacrificio e per quelle cose giustissime e bellissime in cui credeva sinceramente e che usava per far colpo sulle ragazze. Però l'adrenalina vinceva su tutto.

In Alto Adige, sede del suo primo assegnamento operativo, Melan aveva scoperto le strade di montagna. Curve, tornanti, dossi da far spavento: amore a prima vista. Ma l'amore sapeva essere ingrato, e dopo un anno passato senza mai provare nemmeno l'ebrezza del posteggio in doppia fila, Melan iniziava a vedere i suoi sogni di gloria mutare in miraggi inafferrabili. Quando poi gli capitava di fare coppia con il brigadiere Terlizzi il miraggio assumeva i contorni dell'incubo. Terlizzi, un cinquantenne nato a Pantelleria dai capelli biondi come quelli di Thor, taciturno come la Sfinge e pedante come un Autovelox, si era messo in testa di insegnargli *il mestiere vero*: ore e ore a guidare in un silenzio irreale spezzato da un unico mantra: «Guarda, osserva e vai piano». Poche parole ossessivamente scandite che, quando il brigadiere aveva la luna storta, si tramutavano in un piú crudo ed efficace «*Vidi, talía e vai adashu*». Melan si impediva di far notare al superiore che dal suo punto di vista «guardare» e «osservare» erano sinonimi, limitandosi a rispettare l'*adashu* tenendo il tachimetro sotto i quaranta, e pregando per un po' di azione.

Quel giorno le sue suppliche furono esaudite.

Dalla curva che il Renegade aveva appena imboccato sbucò un trattore rosso, a tutta velocità e in pieno contromano. Ottanta, forse novanta chilometri orari. Melan ancora non aveva capito che guardare e osservare erano sport completamente diversi, ma aveva i riflessi di un pilota di caccia e col volante ci sapeva fare sul serio. Schivò il tank color Ferrari con un testa-coda che fece fischiare gli pneumatici, controsterzò quando il Renegade uscí dalla striscia asfaltata, mantenne l'assetto scalando le marce poi, mentre rallentava fino a fermarsi, vide il brigadiere Terlizzi schizzare verso il contadino che, miracolosamente illeso, barcollava fuori dal trattore incastrato nel guard-rail, biascicando chissà cosa. Melan sospirò. Diede un colpetto affettuoso al volante, accese i lampeggianti e con un po' di retromarcia posizionò il Renegade in modo che fosse ben visibile a chiunque percorresse la corsia. Scese, notò con una punta di vanità che il Suv nero non aveva subito nemmeno un graffio, aprí il baule e solo quando ne emerse con il necessario per l'alcoltest lanciò un'occhiata al brigadiere e al *Bauer* kamikaze. Il contadino, un vecchio con la barba lunga e il grembiule blu sudtirolese d'ordinanza stretto in vita, stava piangendo aggrappato a Terlizzi che, per nulla turbato, lo cingeva a sua volta per le spalle.

Da quando il motto dell'Arma era diventato «abbracciali e confortali»?

La stazione dei carabinieri di San Candido era bella, c'erano persino i gerani alle finestre. Il maresciallo Fanti, seduto sotto il getto dell'aria condizionata, mentre si arrovellava sulla *situazione*, incrociò il proprio riflesso sulla porta a vetri e, all'improvviso e senza motivo, ebbe una specie di epifania.

Quel luogo custodiva trent'anni dei suoi ricordi piú preziosi. Nella sala riunioni aveva stappato lo spumante quando era diventato padre, nell'ufficio comando aveva ricevuto l'encomio per aver salvato un turista nel '98, chiuso nel bagno dei sottufficiali aveva pianto quando suo figlio si era laureato, eppure, si rese conto con stupore, non erano solo i ricordi il motivo per cui amava quel posto. Per trent'anni, fra quelle mura, il maresciallo Fanti si era sentito realizzato.

Il suo lavoro era riassumibile in una parola, la cui importanza in pochi avrebbero potuto capire: mediazione. Mediava fra fratelli, fra marito, moglie e terzo incomodo, fra il giovanotto esagitato e la sua stupida testa calda, fra l'ubriacone e le chiavi della sua automobile, fra turisti e albergatori. Mediava. Mediava sempre. Perché alle volte mediare significava evitare spargimenti di sangue e mediare gli era sempre riuscito bene. Tranne quando si trattava della *situazione*.

La *situazione* ruotava attorno all'Inquilino dell'ufficio *s*, il tizio arrivato da nemmeno un paio di mesi che salutava sempre ma non sorrideva mai, vestiva jeans-maglietta-giacca-da-barbone anziché indossare la divisa e che, con gli auricolari nelle orecchie e la musica a tutto volume, senza che nessuno glielo avesse chiesto o tantomeno ordinato, si era fatto carico della zavorra che rendeva l'ufficio *s*, cioè l'ufficio scartoffie, l'anticamera dell'inferno. Compilava verbali, ordini di servizio, allegati riguardanti mezzi e/o persone sospette, riempiva moduli, trascriveva intercettazioni, si occupava persino delle pratiche per la benzina e la mensa. Dalle otto del mattino alle otto di sera a battere sulla tastiera del computer: *tic-tic-tic*. Uno cosí sarebbe stato una manna dal cielo, non fosse che l'Inquilino aveva un cognome (Martini, come il cocktail), un nome (Viktor, con la *k*, come il papà di Frankenstein), un grado (capitano, come Orlandi, il comandante della stazione), e un maledetto procedimento in corso per *omicidio*.

Ecco perché la *situazione* rendeva tutti nervosi, soprattutto il capitano Orlandi, cui era concesso soltanto di rodersi il fegato in silenzio, visto che la *situazione* derivava da un ordine diretto del generale Leoni, che non era solo il comandante della Legione Trentino Alto Adige, ma una vera e propria leggenda. Ed ecco perché Fanti, il grande mediatore, non poteva mediare un bel…

La porta a vetri si aprí.

La donna aveva perso una scarpa. L'uomo la sorreggeva per la vita. Naufraghi, pensò il maresciallo, facendosi loro incontro. I naufraghi non arrivavano lí in cerca di giustizia (o vendetta o desiderio di ripicca) come la maggior parte delle persone. Lo facevano perché la disperazione non aveva lasciato loro altro luogo in cui andare. E, disperati, quei due lo erano sul serio.

Mormorando parole rassicuranti il maresciallo li sospinse nella sala colloqui dove, senza farsi vedere, tolse la suoneria dal cellulare e cominciò la registrazione. Non avrebbe avuto alcun valore legale, ma l'esperienza gli aveva insegnato che, per quanto confuso, il primo resoconto dei naufraghi è spesso il piú importante. Anziché parlare, però, la donna mostrò due fotografie. Nella prima sorrideva una ragazzina bionda dallo sguardo vispo, che somigliava cosí tanto a entrambi da non lasciar dubbi sulla sua identità; l'altra immortalava una lince nell'atto di spiccare un balzo. Suo malgrado Fanti represse un brivido.

Forse a causarlo furono le fauci dell'animale, forse fu lo sguardo vuoto della donna o il modo in cui l'uomo non smetteva di passarsi le mani fra i capelli, o forse, a causargli i brividi, era il dannato *tic-tic-tic* che proveniva dall'ufficio *s*.

Sembrava il timer di una bomba.

Le indicazioni del vecchio contadino in preda al panico si dimostrarono precise. Zona Geiger, fra San Candido e Prato alla Drava. Il brigadiere Terlizzi non batté ciglio né davanti al veicolo al centro dello spiazzo né alla vista dei fori di proiettile. Annotò che il primo era un Renault Midlum da 14 tonnellate adibito a uso speciale, con targa austriaca, bianco con fregi blu, e che i secondi, raggruppati in una rosa parecchio stretta, erano stati prodotti da un .308 Winchester o da qualcosa di equivalente. Rimase immobile a fissarli finché non scorse Melan avvicinarsi al portellone dell'autocarro con l'intenzione di aprirlo. Un fischio e il carabiniere scelto si bloccò, scuotendo la testa. Il simbolo del pericolo di contaminazione biologica era stampato bello grande sul retro del Renault, ma Melan, sotto shock, l'aveva *guardato* e non l'aveva *visto*. Comprensibile. In addestramento, pensò Terlizzi, non ti dicono che il sangue ha quest'odore, non ti dicono che il ronzio delle mosche rischia di farti diventare scemo.

Mani dietro la schiena, il brigadiere calcolò che tutto quel sangue sul volante, sul sedile e fuori dal veicolo significava che non troppo distante avrebbero trovato un cadavere. Nessuno sopravvive a una simile emorragia. A meno che l'assalitore non si fosse preso la briga di portare via il corpo. Ipotesi. Terlizzi non si fidava delle ipotesi. Le lasciava ai superiori. Lui si fidava delle chiazze di sangue, e quelle puntavano verso una macchia di pino mugo. Cento, forse centoventi metri di distanza. Terlizzi indicò a Melan gli alberi bassi e contorti.

– Guarda, osserva e vai piano.

Il giovane carabiniere, in mezzo al ronzio delle mosche, seguendo il sangue, iniziò a capire la differenza fra guardare e osservare. Fu guardando e osservando che trovò il cadavere. Maschio, sul metro e sessantacinque, magro, una tuta da lavoro indosso, riverso su sé stesso, le mani sullo stomaco e metà del cranio sparso intorno. Melan riuscí a non vomitare, tornò indietro e annunciò di aver intravisto, fra le radici delle piante, il bossolo di un'arma da fuoco. Corta o lunga? Corta.

Il brigadiere lo congedò e si attaccò al telefono. Non era la prima scena del crimine in cui si imbatteva, sapeva cosa andava fatto e come, perciò non tentennò neppure quando sentí scattare la segreteria telefonica del maresciallo Fanti. Era il bello della gerarchia: c'era sempre un altro numero da comporre.

Il capitano Orlandi rispose al secondo squillo. Il brigadiere spiegò con meno di trenta parole quanto accaduto e quanto stava vedendo. Ricevette gli ordini, salutò, decise di lasciare a Melan ancora qualche minuto per riprendere fiato, e si avvicinò al *Bauer* indirizzandogli un «*A scheane grosse Scheisse, ah?*» in perfetto dialetto pusterese con giusto un fondo di sicilianità. Se non altro, riuscí a strappare un mezzo sorriso al contadino che, dopo essersi acceso una sigaretta, ribatté serio: – Bella grande e poco profumata, brigadiere.

Giunta sul luogo dell'appuntamento, mentre il tramonto esplodeva in sfumature di rosso cosí numerose che alcune non avevano nemmeno un nome, Dora si sedette su un piccolo masso coperto di muschio. Per scacciare il desiderio di mordicchiarsi le unghie, chiuse gli occhi e pensò alla danza d'amore delle aquile.

Iniziava con il maschio e la femmina che si studiavano, planando in cerchi simili a giri di walzer. Il maschio a quota piú alta, la femmina piú in basso. Potevano continuare per giorni. Toccava alla femmina decidere quando trasformare il walzer in un tango. Lo faceva con grazia, infischiandosene delle correnti d'aria e della forza di gravità, ruotando su sé stessa e librandosi in volo rovesciato: schiena alla terra e sguardo rivolto al futuro compagno. Un invito ad avvicinarsi. Lentamente, però, perché l'irruenza non era né concessa né ammessa. Una cabrata, un'altra piú stretta. Le ali che si sfioravano, l'artiglio che lambiva le penne piú robuste poi, se la femmina lo permetteva, una carezza alle piume morbide del ventre. Il tocco leggero fra i due rostri acuminati, il primo bacio, chiedeva al maschio di dare prova di forza e generosità. Il maschio quindi si allontanava, scrutava fra arbusti, alberi o rocce e non appena avvistava una lepre, una marmotta o un furetto, chiudeva le ali e a velocità folle piombava sulla preda, l'afferrava con gli artigli e tornava in cielo per offrirla alla femmina. E se lei accettava di mangiare dal suo becco, nella stessa maniera in cui aveva ricevuto il cibo quando era un pulcino, la danza si concludeva in un vortice di passione, trasformandosi nella melodia segreta che avrebbe accompagnato i due rapaci fino alla fine dei loro giorni. Perché l'amore delle aquile era strano, pericoloso e per sempre. E cosí, per un attimo, si sentí Dora. Piena di un amore che cancellava ogni preoccupazione. La notte incombente, l'ansia, le faccende che non erano roba da tredicenni, tutto dimenticato.

Dimenticò persino che la danza delle aquile prevedeva sempre la morte di un innocente.

L'Inquilino dell'ufficio *s*

L'angoscia dei naufraghi trasformava ogni parola in un atto di impotenza. Toccava a chi stava dalla parte giusta della scrivania ricostruire una logica in ciò che raccontavano. Loro era già tanto che respirassero.

Arrivato al termine della deposizione il maresciallo Fanti lasciò soli i genitori di Dora. Provò inutilmente a contattare il capitano Orlandi, quindi chiamò il tribunale dei minori. La Pm si chiamava Elena Pellegrini. A lei Fanti lasciò un messaggio in segreteria. Prese fiato, tentò di scacciare dalle orecchie il *tic-tic-tic* dell'ufficio scartoffie, indossò il suo sorriso piú rassicurante e rientrò nell'aria fetida della sala colloqui. L'angoscia ha un odore tutto suo. Metallo, soprattutto.

– Sta arrivando la dottoressa Pellegrini del tribunale dei minori. Sarà lei a decidere le prossime mosse.

– Decidere? – ripeté come istupidito il padre di Dora. – Cosa c'è da decidere? Dobbiamo…

Matthias Holler era nel direttivo del soccorso alpino di Sesto. Fanti l'aveva incrociato un paio di volte. Un cowboy delle montagne col mento volitivo e la battuta pronta. Di quel Matthias Holler non restava che il guscio. Fanti cercò di non provare pena. Lui era quello seduto dalla parte giusta della scrivania.

– Dobbiamo fare un po' d'ordine per spiegare in modo chiaro le cose alla dottoressa. Capisce, signor Holler?

No, l'uomo non capiva, glielo si leggeva in faccia. – Ci vogliono i cani. E i volontari. Vigili del fuoco, protezione civile. Freiwillige. Tutti i Freiwillige disponibili. E i cani. I cani sono...

– Dora ha lasciato casa con uno zaino, gli scarponi da montagna, una cartina, diverse provviste e l'idea di andare a salvare una lince. Fin qui ho capito bene?

– Non una lince, un *nido* di lince. In Val Fiscalina. È andata lí, ne sono sicuro. Se ci sbrighiamo...

– Torniamo al 16 aprile, per favore?

Gli occhi del padre di Dora si fecero piú attenti, forse perché parlare del proprio lavoro significava abbandonare per un po' la sofferenza del presente.

– Una coppia di scalatori. Uno dei due era scivolato e si era rotto il femore. Una brutta frattura. Il compagno di cordata non riusciva a darci le coordinate precise. In fondo alla Val Fiscalina, diceva.

– Un po' vago, – commentò il maresciallo aprendo sulla scrivania la cartina della zona.

Matthias Holler scosse le spalle. – Shock. È sempre cosí. Nel giro di cinque minuti eravamo in volo e dopo dieci li abbiamo visti, incrodati su una cengia stretta, esposta ai venti. Abbiamo verricellato il medico, che ci ha comunicato che non c'era pericolo di emorragia. Avevamo il tempo per preparare il ferito senza dover fare le corse, cosí siamo atterrati su una cima poco distante perché l'elicottero smuove aria e sassi ed è meglio essere prudenti. E qui abbiamo visto la lince –. L'uomo indicò un luogo preciso sulla mappa. – Una femmina. Ho scattato un paio di foto perché sapevo che a... che a mia figlia avrebbe fatto piacere... io... Sono stato cosí stupido, cosí stupido!

– Il nido, – lo incalzò Fanti, – l'avete visto subito o quando avete ripreso il volo?

Un colpo di tosse. – Dopo, in volo. Il territorio di una lince può arrivare a quattrocento chilometri quadrati ed è raro vedere un nido, ma con il ferito a bordo non c'era il tempo di fotografarlo. Però la zona è questa, ne sono certo.

– E l'ha detto a Dora.

– Ho fatto di peggio, maresciallo.

I fari allestiti dai vigili del fuoco illuminavano il Renault, la macchia di pino mugo, i carabinieri e i tecnici di una luce cruda che feriva gli occhi.

Orlandi si godeva la scena. Quella era la Macchina e lui adorava la Macchina. «Loro vogliono tutto e subito, noi abbiamo pazienza. Loro sono soli, perché non possono fidarsi di nessuno, noi siamo parte l'uno dell'altro. Noi siamo gli ingranaggi della Macchina. E la Macchina vince sempre».

Quello che il capitano Orlandi non aggiungeva era che in pochi potevano azionare le leve della Macchina. I migliori. Come lui. Non era un giudizio dettato dalla vanità. Dall'inizio dell'anno c'erano stati quattro omicidi nella sua giurisdizione. Tre degli assassini li aveva arrestati nel giro di ventiquattr'ore, il quarto si era presentato con un avvocato dopo dodici, ed era il suo sospettato.

Entro la fine dell'anno Orlandi sarebbe stato promosso maggiore e avrebbe inoltrato domanda di trasferimento. Roma. Aveva le idee chiare sul proprio futuro. Sua moglie non era d'accordo, diceva che l'Alto Adige era un bel posto in cui crescere i gemelli, perché non si limitava a puntare alla poltrona del generale Leoni? Comandare la Legione Trentino Alto Adige non era abbastanza per lui?

Chiara era una madre d'oro e, nonostante la gravidanza e il tempo che scorreva, era ancora impossibile staccarle gli occhi di dosso, ma mancava di ambizione. Orlandi voleva arrivare ai vertici. Voleva i palazzi del potere. Non voleva essere *parte* della Macchina, Orlandi voleva *guidare* la Macchina. E la buona riuscita dei suoi progetti passava per l'uomo che scese da un'Audi grigia e gli si fece incontro. Il Pm Baldini.

La mano di Baldini era umida; Orlandi nascose il disgusto dietro a un sorriso. Baldini era un concentrato di tutto ciò che il capitano detestava. Molle, indeciso, senza spina dorsale. Per questo gli riservava sempre il migliore dei sorrisi: Baldini era l'uomo perfetto per la sua scalata al successo. Non uno di quei magistrati che si credevano degli Sherlock Holmes, ma un burocrate che era arrivato dove era arrivato lasciando fare il lavoro a gente come lui. Orlandi sapeva già in che modo sarebbe finita la conversazione. La solita battuta: «Carta bianca e buona fortuna, capitano».

– Conosciamo l'identità della vittima?

– Non ancora, ma l'autocarro ha targa austriaca e lo stesso logo della tuta da lavoro indossata dal cadavere. Ho chiamato i colleghi d'oltreconfine. Il simbolo è quello di una specie di parco-zoo nei pressi di Lienz. Dölsach, per la precisione. Nelle prossime ore ne sapremo di piú.

– Quanti chilometri sono?

– Prego?

– Da qui a questo zoo.

– Una cinquantina. Ottanta al massimo.

Baldini si guardò attorno. – Che dice Tamanin?

– Il quadro è questo: sono stati sparati quattro colpi, probabilmente .308 Winchester, munizioni comuni per la caccia al cervo. Uno ha colpito al ventre la vittima, che si è trascinata fuori dall'abitacolo e ha cercato rifugio in quella macchia di pino mugo, – indicò il luogo in cui il dottor Tamanin, riconoscibile perché era l'unico del Nucleo scientifico a non indossare la pettorina, stava parlottando con altri tecnici, – dove è stato freddato con un colpo alla testa da distanza ravvicinata. Nove millimetri.

– Impronte? Tracce? Bossoli?

– Solo quello della pistola. Per il resto, citando il dottor Tamanin: questa scena è un casino.

Baldini sospirò. – E quando mai non lo è, capitano? Qualsiasi cosa non esiti a contattarmi. Ha carta bianca, buona fortuna.

– Grazie della fiducia, dottore.

Baldini fece per tornare all'Audi, poi si voltò. – E per la bambina? Come pensa di procedere?

– Quale bambina?

– La Pellegrini non l'ha informata?

– Dora è piú consapevole della maggior parte delle sue coetanee. E testarda, molto. È diventata vegetariana, anche se questo ha creato qualche…

– Malumore? – fece il maresciallo, conciliante.

– Dora… – fu la donna minuta a rispondere. – Aveva nove anni. Trovò un gufo con un'ala spezzata. Quando arrivò a casa era coperta di graffi e beccate, sanguinava, ma non si lamentò nemmeno una volta. Portammo il gufo al Centro protezione volatili. Alla fine dell'intervento, i veterinari lo misero in una gabbia e Dora diede in escandescenze. Non l'avevamo mai vista comportarsi in quella maniera. Ci crede? Ci spaventò. Una bambina di nove anni. La nostra piccola Dora è una guerriera, capisce?

Matthias Holler si sfregò il viso con forza, come se volesse cancellare le lacrime che non smettevano di annebbiargli la vista. – Quando le ho detto che lí, dove la lince aveva il nido, nel giro di un anno sarebbe stato costruito un impianto di risalita, mi ha chiesto cosa ne sarebbe stato degli animali e io le ho spiegato la prassi. La lince sarebbe stata catturata, sedata, e insieme ai suoi cuccioli portata in un luogo sicuro dove potesse svezzarli. Poi sarebbe stata reinserita nel suo ambiente naturale.

– E Dora?

– Ha detto che era una cattiveria…

– *Merdata*, ha detto *merdata*, – mormorò Elisabeth Holler stringendo la mano del marito.

– … mettere una lince in gabbia. Io ho cercato di farle capire che la funivia era importante. Che senza turismo non ci sarebbe stato il parco naturale e senza il parco le persone sarebbero tornate a sparare a qualsiasi cosa si muovesse. Che il mondo funziona cosí. E che quelle… che quelle non erano faccende da tredicenni.

Una bambina scappata di casa. E la Pellegrini. Della Pellegrini, Orlandi ricordava tre cose. Che l'aveva desiderata sin dal primo momento, due anni prima, quando lei era arrivata alla procura di Bolzano e Chiara era incinta dei gemelli. Durante l'orgasmo si aggrappava alle lenzuola con entrambe le mani a pugno. E che, dopo quell'unico episodio, era stata lei a troncare.

– Capitano –. Il dottor Tamanin, cinquantotto anni e il colorito di chi passava troppe ore al chiuso, si sfilò i guanti e ribadí: – È un casino.

– Salti la parte in cui mette le mani avanti per non fare figuracce in tribunale.

Tamanin indicò il Renault. – Voglio essere chiaro. Sa a cosa serve quell'affare? Se ho un animale che inizia a sbavare e a mordere, gli faccio un prelievo del sangue e lo mando in laboratorio. Se un altro muore senza spiegazione, mando la carcassa in laboratorio. Se trovo strani insetti nelle sue feci, li mando in laboratorio insieme alla merda. E sa come ce li mando? Usando questo tipo di mezzo.

Quell'autocarro è una possibile bomba biologica su ruote e io non ho l'attrezzatura per...

– Impronte?

– Ma è sordo, capitano?

– Dottore, – sbottò Orlandi, e parecchi fra i presenti si voltarono. – C'è qualcosa di concreto che può dirmi o è meglio che scriva una lettera di dimissioni?

– Glielo sconsiglio, – fece Tamanin, con un guizzo di malizia. – Questa è una di quelle faccende che finiscono in tv, e lei è molto telegenico. Mi serve il permesso di trasferire il cada...

– Permesso accordato. Ma il Renault lo voglio a San Candido.

– L'attrezzatura...

– Se la faccia portare. È congedato.

Il capitano Orlandi ripensò ai pugni della Pellegrini stretti alle lenzuola, ai suoi capelli sparsi sul cuscino. Neri come la notte. Pensò al cadavere. Pensò alla Macchina. Giocherellando con l'anello nuziale pensò ai gemelli, che sicuramente stavano già dormendo. Mandò un sms a Chiara dicendole di non aspettarlo alzata e lei rispose con un prevedibile: «Prendili tutti, mio capitano!»

Ordinò a Terlizzi di preparare un Renegade. Era tempo di tornare alla stazione.

Non era la prima volta che Melan incrociava l'Inquilino dell'ufficio scartoffie, ma era la prima volta che era costretto a parlarci. Quel tipo, secco come un colpo di manganello e dallo sguardo come filo spinato, gli dava la stessa sensazione di quando imbocchi una curva e ti rendi conto che il ghiaccio sta per fregarti.

L'Inquilino alzò la testa dal computer: – Altro da aggiungere?

– Credo di no, capitano.

– Viktor. Domani rileggi e firmi, okay?

– Viktor, certo. D'accordo. Grazie.

L'uomo pigiò un paio di tasti e si stiracchiò. – Era il tuo primo cadavere, recluta?

– Sí, sign… Viktor.

– Quanto brutto?

Melan ripensò al sangue, ai frammenti di cranio e alla materia cerebrale sparsa intorno, alle mosche verdi e grasse, alle formiche, all'espressione sulla metà del viso della vittima che ancora poteva avere un'espressione, e… – Abbastanza.

– Questa notte avrai gli incubi, – disse l'Inquilino. – E anche domani. E se fai bene il tuo mestiere avrai gli incubi ogni volta che vedrai dei cadaveri. Però non prendertela con loro.

– Con gli incubi?

La donna entrò senza bussare. I capelli talmente scuri da avere riflessi blu, raccolti in una coda, un abito castigato che le stava alla perfezione, un filo di trucco, un telefonino brandito come un'arma e le iridi cosí chiare da sembrare bianche che scintillavano di rabbia. – Chi cazzo siete e che cazzo state facendo?

Il carabiniere saltò in piedi sull'attenti, rosso in viso. – Carabiniere scelto Melan.

– E lei?

L'Inquilino intrecciò le mani dietro alla nuca. – Io sono Viktor. Quello che compila le scartoffie.

– Viktor che compila le scartoffie e il carabiniere scelto Melan, – scandí la Pellegrini. – C'è una ragazzina scomparsa e voi siete qui a perdere tempo con i verbali?

L'Inquilino non si scompose. – C'è anche un morto in zona Geiger, nove millimetri in testa e .308 nello stomaco. Non gliel'hanno detto?

– Quindi Viktor delle scartoffie è quello simpatico. E lei, Melan? Che scusa ha, lei?

– Ero lí, ho visto…

La donna alzò la mano per zittirlo. – Dobbiamo fare un sopralluogo, – ordinò, voltando loro le spalle. – Alzate il culo e seguitemi. *Adesso*.

Per quanto fosse convinta del contrario, la ragazza-bruco non era invisibile. Nel giro di mezz'ora il maresciallo Fanti aveva sentito al telefono una dozzina di persone che ricordava di averla vista durante le prime fasi della sua fuga.

La signora Kircher rammentava l'ora in cui la ragazzina con le trecce era passata davanti al suo esercizio. Uno dei dipendenti della Volksbank era certo di averla scorta con lo zaino in spalla. Il parroco di Sesto, don Flavio, che all'anagrafe faceva Mamadu ed era senegalese, riferí di aver notato che si avviava verso il ponte di legno mentre lui si stava prendendo cura dei fiori del cimitero.

Finito il giro di telefonate, Fanti controllò per l'ennesima volta la cartina. La zona del nido della lince non era enorme, ma era un terreno difficile. C'erano crepacci, seracchi e, prima di arrivare in quota, bisognava superare una foresta bella fitta. Questo avrebbe limitato la velocità delle squadre di ricerca e impedito la visuale degli elicotteri. In piú c'erano almeno quattro itinerari diversi che la fuggitiva avrebbe potuto percorrere per raggiungere la sua meta. Tuttavia la ragazzina non era la prima adolescente che scappava di casa. Avrebbe passato la notte all'addiaccio, poi sarebbero arrivati i sensi di colpa. I sensi di colpa avrebbero fatto il loro bravo lavoro e Dora sarebbe tornata a casa. Bisognava avere pazienza. E Fanti doveva prepararsi ad averne una bella scorta per spiegare al capitano Orlandi, la cui voce rimbombava nel corridoio, che la dottoressa Pellegrini aveva sequestrato (col capitano avrebbe usato un termine meno rude, perché Fanti era quello che mediava sempre) i genitori della ragazzina, il carabiniere scelto Melan e, peggio ancora, l'Inquilino dell'ufficio *s* per fare un sopralluogo a casa della piccola.

L'abitazione degli Holler era identica a quella di tante altre famiglie della zona. Mobili in legno massiccio, gerani alle finestre e bidoni della differenziata fuori dalla porta. Ordinata, ma con una punta di confusione all'interno che metteva allegria. La dottoressa Pellegrini, con la scusa di un caffè, interrogò nuovamente i genitori di Dora nella cucina dell'appartamento, mentre il carabiniere scelto Melan e l'Inquilino dell'ufficio *s* davano un'occhiata alla stanza della ragazzina.

– Prima volta?

Melan annuí.

– È facile. Dimmi solo cosa vedi.

– Poster, libri. Pupazzi. Solita roba.

– Davvero? – Martini tirò fuori il cellulare e iniziò a scattare fotografie. – Ti presento la dottoressa Dian Fossey, la donna abbracciata al gorilla nel poster. Quanti tredicenni sanno chi è Dian Fossey? Altri poster: Greenpeace, Wwf, Earth First! Sulla fissa per l'ecologia, i genitori non hanno mentito.

– Perché dovrebbero raccontare bugie?

L'Inquilino non rispose. – Mappe, manca la numero dieci: Dolomiti di Sesto. La fuga era premeditata e la ragazzina non è scema, si è portata dietro anche il telefonino. La madre ha detto che è spento. La Pellegrini ha provato a chiamare, e anche su questo non…

– Ma perché, – insistette Melan, – i genitori dovrebbero mentirci?

Martini lo fissò, inespressivo. – Un uomo entra in caserma. Piange, si dispera. Sua figlia è fuggita di casa. Ha sedici anni e lui sospetta che faccia uso di stupefacenti. Racconta del fidanzato, non sa il suo nome, dice che è uno che bazzica giri poco puliti. Brutta storia. Facciamo i controlli di routine: la figlia di quell'uomo ha sette mesi. Abbiamo trovato la moglie nella vasca da bagno, la neonata nel lettino. La moglie voleva divorziare, la bambina piangeva troppo.

– Cazzo.

Martini tornò a guardarsi attorno. – Perché Dora ha il cellulare spento?

– Perché, – disse Melan, frastornato, – non vuole sentire la voce di sua madre. È arrabbiata e...

– Suo padre è nel direttivo del soccorso alpino. I cellulari servono per chiamare aiuto. Dora non vuole scaricare le batterie. Infilati i guanti e apri l'armadio.

– Vestiti.

– Un vestito non è solo un vestito, – con la sua entrata la dottoressa Pellegrini fece sussultare il carabiniere scelto. – È un pezzo di identità. Altrimenti perché ti manderebbero in giro in divisa? – La Pm indossò i guanti e prese a frugare nell'armadio. – Gli abiti piú consumati, cioè i suoi preferiti, sono di una o due taglie piú larghe. Alla piccola Dora non piace il suo corpo. Tipico delle adolescenti. E il fatto che siano piegati in fondo all'armadio ci dice che sua madre cerca di spingerla a indossare qualcosa di piú femminile.

La Pellegrini passò alla libreria.

– Non è certo roba per la sua età. Saggi sull'ecologia. Monografie. Martin Luther King, Che Guevara, Gandhi. Una sfilza di classici. Austen, Atwood, Borges, Emerson, Dumas, Thoreau, Edward Abbey. Questo mi manca.

– Un hippie luddista, – fece l'Inquilino mentre controllava la fila di Dvd, – del tipo abbattiamo le dighe, bruciamo le fabbriche e andiamo a vivere nelle caverne. In linea con i gusti della ragazzina, direi. Qui ho una collezione di «National Geographic». Niente commedie romantiche. Biografie, film tratti da storie vere. Ama la realtà, la nostra Dora. E il suo film preferito è *Into the Wild*. L'hai visto, recluta?

– Come fa a sapere...

Fu la Pellegrini a rispondere, indicando il poster appeso sopra la scrivania. – Il suo angelo protettore: Emile Hirsch. Nel film interpreta un certo Christopher McCandless. Uno che si mette in testa di tornare alla natura e ne paga le conseguenze.

L'Inquilino nel frattempo si rigirava fra le mani un Dvd con aria interrogativa. – *L'esercito delle 12 scimmie*. Un gruppo di squilibrati sparge un virus letale per punire l'umanità di tutto il male che sta facendo a Madre Terra. Un po'...

– Estremo?

– Poco realistico, per Dora.

Lo rimise a posto. Si sedette alla scrivania e aprí il portatile. Comparve una schermata con la richiesta di password. – Quali sono i tempi della squadra informatica, recluta?

– Una settimana almeno, – rispose Melan.

Prima che la Pm potesse protestare, le dita di Martini volarono sulla tastiera. Il salvaschermo si trasformò in una magnifica veduta del Rosengarten.

– Non ho mai capito perché le persone amino questa immagine. Lo sa cosa sono le Dolomiti, dottoressa?

– Montagne. Lo sa che sta compromettendo una prova?

– Le Dolomiti sono composte da tonnellate di fossili. Ovvero, tonnellate di morti. In pratica sono cimiteri.

– Come conosceva la password? – chiese Melan.

– La password è Dian Fossey, – sbuffò la Pm spazientita. – Dora è sveglia, ma ha pur sempre tredici anni: il libro sul comodino, *Gorilla nella nebbia*, parla di Dian Fossey, la stessa del poster sopra il letto. Un volume consumato e pieno di segnalibri. Dovrebbe essere insieme agli altri, ma Dora lo tiene accanto a sé perché Dian Fossey è la sua eroina. Melan, mi sa dire chi è quest'individuo prima che le ordini di mettergli le manette ai polsi?

– Il capitano Viktor Martini, dottoressa.

– In attesa di giudizio, – aggiunse l'Inquilino senza staccare gli occhi dallo schermo. – E comunque io sono qui perché lei mi ha ordinato di... *cazzo*.

La Pellegrini si precipitò accanto a Martini. Cosí vicina che lui poté sentirne l'odore della pelle mescolato a un profumo a base di tuberosa. Un fiore che sboccia solo al tramonto.

– Una chat, – sibilò la Pm. – Due soli partecipanti, «Dian» e «Christopher». Possiamo immaginare chi si nasconda dietro il nickname Dian, ma «Christopher» chi è?

Dora, alias Dian, aveva cancellato tutti i messaggi tranne l'ultimo.

Un'emoticon che mandava baci.

Anche se la figura allampanata che sbucò dagli alberi non somigliava per niente a Emile Hirsch e di certo non aveva diciannove anni come le aveva detto in chat, Dora gli si gettò al collo.

Fu come incontrare un vecchio amico. E in un certo senso era cosí. Aveva tante cose da raccontargli e milioni da chiedergli. Soprattutto voleva scusarsi, perché anche lei aveva mentito sull'età facendogli credere di avere diciott'anni, ma non ebbe il tempo nemmeno di un «ciao». L'uomo si divincolò dalla stretta.

Puzzava di sudore e aveva il viso pieno di graffi, come se avesse raggiunto il luogo dell'appuntamento attraversando la foresta anziché usando i sentieri. Non portava la giacca, le sue braccia erano piene di ematomi. Le mani erano sporche di terra. Tremava e sembrava spaventato.

Ci fu solo un sorriso che fece fare le capriole al cuore di Dora, poi l'uomo, che all'inizio della loro amicizia virtuale si firmava Christopher, ma che le aveva confessato di chiamarsi Gert, le afferrò il polso e la trascinò verso il fitto del bosco. Dora non si oppose. Con lui sarebbe andata in capo al mondo.

Qual è la causa del conflitto?

Quattro anni prima «Christopher», ovvero Gert Schafer, l'uomo che marciava a passo spedito fra gli alberi e che ogni tanto inviava a Dora un sorriso di incoraggiamento, aveva partecipato alla sua prima missione per conto della Resistenza, cosí le aveva raccontato in chat. Prima di allora, aveva confessato, si era limitato a quello che i *cosiddetti* ecologisti pensavano fosse il modo migliore per svegliare le coscienze e cambiare il mondo: petizioni online, volantini, boicottaggi. La Resistenza gli aveva mostrato quanto puerile fosse quel modo di agire.

Resistenza?, aveva chiesto Dora. Contro chi? Contro l'animale piú pericoloso, era stata la risposta. L'animale che aveva riempito gli oceani di plastica e scarichi industriali, che torturava creature innocenti per testare fard e rossetti, che bucava le montagne distruggendo falde acquifere, che abbatteva foreste per costruire strade, frantumava ghiacciai per erigere impianti sciistici e irrorava Madre Terra di agenti chimici trasformandola in un unico, gigantesco pozzo nero pieno di occhi da incubo.

Strana espressione a parte, erano argomenti che Dora condivideva ma che, visti dalla prospettiva di Gert e della Resistenza, la facevano vergognare un po'. Dora era diventata vegetariana, costringeva sua madre ad acquistare abiti in fibra naturale e prodotti a chilometro zero, non usava trucchi (e qui doveva ammettere che non era granché come rinuncia, per una ragazza-bruco), riciclava il piú possibile e questo la faceva stare bene, attiva nella lotta contro chi stava distruggendo il pianeta. Eppure paragonata a Gert non era nulla. Solo una *cosiddetta* ecologista.

All'inizio Gert era stato restio a parlarle della Resistenza, ed era comprensibile, trattandosi di un esercito clandestino, ma una volta capito che Dora aveva il cuore che batteva dalla parte giusta e che mai l'avrebbe tradito, aveva cominciato a raccontarle ogni cosa in un tedesco scritto un po' forzato che alla ragazzina ricordava quello usato da Marion, la sua compagna di classe dislessica. Dora aveva passato nottate intere a leggere della Resistenza, con le orecchie tese a captare i suoni della casa immersa nel silenzio perché se i suoi genitori l'avessero beccata sarebbero stati guai. Ma questo, anziché dissuaderla, aveva reso tutto piú eccitante. Gert di certo non era una di *quelle persone* da cui i suoi genitori (e i corsi della polizia postale a scuola) la mettevano in guardia. Sei mesi che chattavano e non un'allusione sessuale. Solo diritti degli animali, Resistenza e clandestinità. A parte l'emoticon che mandava baci. L'ultimo messaggio.

Ma quello era un'altra cosa.

La Resistenza. Quattro anni prima Gert e un manipolo di coraggiosi avevano partecipato alla liberazione di quei beagle di cui Dora aveva letto sui giornali. Avevano tranciato le reti di protezione, scassinato le gabbie e per tre giorni e tre notti erano fuggiti da «quelli della legge», come li chiamava lui, fra campagne, paludi e valli. Ma anche se la notizia della liberazione di tante povere bestie destinate alla vivisezione aveva fatto il giro del mondo, la Resistenza aveva smosso ben poco le coscienze. Bisognava alzare il tiro. Due anni dopo si erano introdotti all'interno di un termovalorizzatore, a pochi chilometri da Lienz e avevano piazzato una bomba vicino ai silos di stoccaggio. La bomba, aveva spiegato Gert, non era in grado di detonare. Era un avvertimento. I tecnici della polizia avrebbero capito che, se l'ordigno fosse esploso, l'intera zona si sarebbe trasformata in una Černobyl' in miniatura. L'animale piú pericoloso era insensibile alle sofferenze dei propri fratelli e sorelle? Che iniziasse a preoccuparsi della *propria* sopravvivenza. Purtroppo, siccome il loro era un messaggio rivoluzionario, la stampa non aveva nemmeno citato l'accaduto. Certo, aveva pensato Dora. Perché la Resistenza si era messa contro uomini potenti e senza scrupoli. Uomini che controllavano i media e costruivano funivie. Fu allora che parlò a Gert della lince. Perché Dora leggeva Thoreau, conosceva i danni delle microplastiche, adorava Alberto Angela, si rifiutava di leggere Melville, malediceva Hemingway e ricordava ogni parola pronunciata da Dian Fossey, ma aveva solo tredici anni e in sei mesi di dialoghi via chat non si era mai resa conto che nulla di ciò che Gert le raccontava era vero. A parte il nome. Perché l'uomo con la pistola nello zaino si chiamava davvero Gert.

Il capitano Orlandi intercettò la dottoressa Pellegrini mentre la Pm stava aspettando che la macchinetta del caffè erogasse la consueta brodaglia.

– Elena.

La donna sussultò.

– Capitano, salve.

– Mi pareva che avessimo deciso di darci del tu, l'ultima volta che ci siamo visti.

– Non ricordo molto di quel particolare evento.

– Peccato, – fece Orlandi. – È stata una serata piacevole.

Un ronzio seguito da un *beep*. La Pellegrini si piegò per

afferrare il bicchierino di plastica e Orlandi ripensò ai pugni stretti alle lenzuola...

– La festa per il pensionamento del giudice Giatti, se non ricordo male.

– Temo di aver bevuto un po' troppo in quell'occasione, capitano.

– Si fanno cose avventate sotto l'effetto dell'alcol, – Orlandi abbassò la voce. – Avventate, ma piacevoli.

La Pellegrini portò alle labbra il caffè. – Però quando sono piacevoli ci si concede il bis, giusto?

Fece per avviarsi verso la porta che dava sul retro della stazione, che veniva chiamata «zona fumatori» e che consisteva in un ritaglio di prato, una panchina e un boccale di birra per i mozziconi, ma Orlandi la trattenne.

– Sono andato oltre, – disse. – Mi scuso. L'ho fatto solo perché fra noi, in passato, c'è stata una certa intimità.

– C'è qualcosa che deve dirmi, capitano?

Orlandi si aggiustò la divisa. – La bambina scappata di casa: mi pare ovvio che sia una sua indagine.

– Pare anche a me.

– Però spetta a me decidere quali forze assegnare al caso.

– Intende dire il capitano Martini? Molto gentile da parte sua formalizzarlo.

– Lei sa chi è quell'individuo?

– L'uomo che ha messo la parola fine alla faccenda di Roma.

– Martini l'eroe, – sbuffò Orlandi. – Ma sulla mia scrivania...

– In attesa di giudizio. Certo. È scritto su tutti i giornali. Normale amministrazione. D'altronde, come lei sa bene, nessuno verserà una lacrima per il figlio di puttana che si divertiva a torturare e uccidere quelle poverette.

– Dottoressa, – precisò il capitano. – Intendo la perizia psichiatrica. «Pericoloso per sé e per gli altri». Il generale Leoni ha spedito Martini qui per tenerlo buono fino a quando non verrà congedato dall'Arma. Ha notato che non porta la pistola?

– Forse è il caso che gliene faccia avere una, capitano. Perché io voglio Martini in squadra.

Melan sorseggiava una Coca-Cola sperando che lo zucchero gli impedisse di cascare addormentato. Passata l'adrenalina, si sentiva uno straccio. Invidiava il brigadiere Terlizzi che, vigile e sveglio neanche si fosse appena alzato, si era chiuso nell'ufficio comando con il maresciallo Fanti, per approntare un piano d'azione da proporre al capitano Orlandi. Piú di tutti, però, invidiava il capitano Martini, cioè Viktor, l'Inquilino dell'ufficio scartoffie, che se ne stava accucciato a terra, nella zona fumatori, ad ascoltare musica come se nulla fosse.

– Tutto bene, recluta?

– Solo un po' di stanchezza.

– La Coca-Cola non aiuta. E il caffè di questo posto è indegno. Vuoi sapere come faccio io?

Viktor si spostò accanto a Melan e gli porse l'auricolare.

– Kreator, *Cause for Conflict*, – spiegò Martini. – 1995, ottima annata. Death metal made in Germany.

Il rumore che proveniva dall'iPod era assordante.

– E quale sarebbe la causa del conflitto?

– Non è ovvio? – Viktor allargò le braccia, sorridendo. – Tutto.

Melan scoppiò a ridere. – Mio fratello ascoltava certa roba. Non fa per me. Preferisco musica piú rilassante.

Stava per raccontare un buffo aneddoto sul fratello e sul giorno in cui la madre aveva fatto sparire la sua collezione di Cd, quando un rumore basso e cupo attirò l'attenzione di entrambi. Le pale di un elicottero. Non il ronzio dell'EC-135 del soccorso alpino. Era un suono piú profondo che prendeva allo stomaco. Martini arrotolò gli auricolari attorno all'iPod (da quanto Melan non vedeva uno di quegli affari?) e lo infilò in una delle tasche della sua logora giacca militare.

– Brutte notizie… – disse Melan.

– E vuoi sapere qual è la peggiore, recluta? – sospirò Martini. – Qualcuno cercherà di restituirmi la pistola.

Mentre gli uomini della stazione si preparavano all'arrivo del generale Leoni, la dottoressa Pellegrini sgattaiolò in bagno, chiuse la porta a chiave, e si spruzzò un po' di acqua gelida sul viso. *Non piangere, non azzardarti a piangere.*

Finire a letto con Orlandi era stata la piú grande cazzata degli ultimi anni. Non solo perché erano, in qualche modo, colleghi. Non solo perché quando il capitano le aveva fatto capire di avere un interesse nei suoi confronti lei sapeva che era sposato e che la moglie aspettava una coppia di gemelli. Il problema piú grave era che quelle attenzioni le avevano dato speranza.

Da qualche parte Elena aveva letto una versione del mito di Prometeo dove si raccontava che l'eroe non si era limitato a rubare il fuoco, ma aveva rubato anche la speranza. Per questo gli dèi avevano punito lui con il supplizio dell'aquila che gli divorava il fegato e gli uomini mettendo Pandora di fronte al famoso vaso colmo di maledizioni e tormenti. Era da ridere. Un'aquila e una donna curiosa come punizioni. Gli dèi dovevano scendere dall'Olimpo e farsi una camminata tra le persone.

La speranza *era* una maledizione.

La verità è che aveva flirtato con il capitano sin dal primo istante. Inoltre non era stata lei a prendere l'iniziativa, quella sera? Non era stata lei a invitare Orlandi a casa dopo il party di pensionamento del giudice Giatti? Non era stata lei che già in ascensore aveva cominciato a sbottonargli i pantaloni? E nel vederlo sfilare la fede e appoggiarla sul comodino, anziché rimorso non era stata eccitazione, quella che aveva sentito? Soprattutto: non era stata speranza, ciò che aveva provato fra le sue braccia? Maledetto Prometeo.

Aveva troncato con il capitano il giorno seguente. Dopo un po' Orlandi aveva capito l'antifona e aveva smesso di cercarla. Si sciacquò il viso. La vita è un casino, pensò la dottoressa Pellegrini, e la sua lo era al quadrato. Ma almeno, rifletté aprendo la borsa ed estraendo la trousse, al contrario di Prometeo con il fegato sanguinante, Pandora poteva almeno rendersi presentabile.

C'erano tutti. Il maresciallo Fanti, seduto alla sinistra della poltroncina vuota al centro. Terlizzi in prima fila e con un bloc-notes sulle ginocchia. Melan, in ultima, che cercava di passare inosservato. C'erano quasi tutti i carabinieri delle stazioni che dipendevano dal comando di San Candido; avevano l'aria di essere appena stati buttati giú dal letto. Unica figura femminile, la dottoressa Pellegrini. Unico a non essere seduto, Martini, che se ne stava spalle al muro con le braccia incrociate. Quando il generale Leoni, accompagnato da Orlandi, comparve, tutti scattarono sull'attenti.

Leoni, il comandante della Legione Trentino Alto Adige, baffi e capelli candidi e un milione di rughe di preoccupazione sul viso, fece cenno di sedersi, si accomodò sulla poltrona centrale del piccolo palco e accese il microfono.

– Buonasera, signori, – esordí. – E signora.

La dottoressa Pellegrini abbozzò un sorriso di circostanza.

– Sono stato informato dal capitano Orlandi e dai Pm Baldini e Pellegrini di due fatti avvenuti nel giro di poche ore nella vostra area di competenza. Un omicidio in zona Geiger e la scomparsa di una ragazzina di tredici anni, Dora Holler.

Nessuno fiatava. Non tanto per la posizione ricoperta dall'uomo appena sceso dall'elicottero, ma perché Leoni aveva carisma da vendere.

– I colleghi austriaci hanno svolto un encomiabile lavoro di ricerca. La vittima si chiamava Hannes Baumgartner, nato a Vienna nel 1991, e residente a Lienz.

Sullo schermo comparve il viso della vittima. Capelli rossicci, basette folte lunghe fino alla mascella, occhi chiari, lentiggini, una cicatrice sul mento. Il tipico sguardo strafottente da piccolo criminale di strada.

– Precedenti per droga, percosse, rissa e resistenza a pubblico ufficiale. Lavorava come guardiano notturno e factotum al parco-zoo di Dölsach, poco fuori Lienz. Fra i suoi compiti c'era quello di guidare un Renault adibito al trasporto di materiale biologico pericoloso verso i tre laboratori di analisi di cui la struttura si avvale, uno dei quali si trova in Italia, a San Lorenzo di Sebato. Dai nostri archivi risultano due controlli casuali. Patente e documenti di viaggio in regola. La polizia austriaca ci ha riferito che, a parte l'acquisto di qualche piccola dose di stupefacenti, hashish e cocaina, il Baumgartner da un paio d'anni rigava dritto. Era, per dirla volgarmente, e mi scuso con la dottoressa, una nullità del cazzo.

Il generale Leoni fissò gli uomini di fronte a lui. Tutti tranne l'unico in piedi, a braccia incrociate.

– La domanda è: perché qualcuno dovrebbe prendersi la briga di uccidere una nullità del cazzo?

Ci fu un mormorio che durò il tempo di un'occhiata.

– Il Baumgartner non è stato ucciso per errore. Chi lo voleva morto ha pianificato ogni dettaglio. Quattro colpi di fucile, quindi la nove millimetri. Un agguato.

Il generale lasciò che le sue parole si imprimessero nella memoria dei presenti, poi, a un suo cenno, sullo schermo comparve il volto di un secondo uomo.

Viso scavato, capelli scuri in disordine, tracce di acne sulle guance, punteggiate da una rada peluria.

– Gert Schafer.

Quando il rumore dell'elicottero era scemato, Gert aveva afferrato lo zaino.

– AB-412, Dora. Sono in anticipo. Dobbiamo andar via da qui.

– Non possono averci visto, – replicò Dora, felice di poter sciorinare ciò che suo padre le aveva spiegato del suo lavoro. – Ci sono gli alberi e…

Gert le poggiò le mani sulle spalle. – Negativo, negativo. L'AB-412 è il nipote dell'UH-1. Sai cos'era l'UH-1? *Apocalypse Now*. La cavalcata delle valchirie.

Dora lo fissò senza capire.

– Elicottero da sbarco e soccorso usato durante la guerra del Vietnam. L'AB-412 è piú moderno. Grazie a Dio non è un Black Hawk, e nemmeno un AW-109, perché quelli sono brutti. Davvero brutti. Ma anche il 412 ha sensori all'infrarosso, visori notturni. Se vogliono vederci, ci vedono. Però i viet-cong hanno vinto la guerra, sai, Dora? Erano piú veloci, piú furbi. E non avevano paura di cambiare strada.

– Cambiare strada?

Gert indicò la mappa che sbucava dalla tasca laterale dello zaino della ragazzina. La prese e la stracciò, scavò una buca nel terreno umido e la seppellí.

– Conosco altri sentieri. Sentieri nascosti.

– Della Resistenza?

Gert scosse la testa. – Negativo. Me li ha insegnati mio padre. Lui era uno che sopravviveva sempre.

Confusa, Dora guardò prima l'ultimo pezzetto della sua mappa rimasto in superficie, poi Gert che la fissava con intensità.

– Non capisco, Gert, scusa io...

– Conosco le montagne, conosco i boschi. Io so come si sopravvive. Quelli... – Gert si tormentò le guance scavate. – Non vuoi fare la fine di Hannes, vero Dora?

– Chi è Hannes?

– Gert Schafer. Ventisette anni. A tredici viene tolto al padre, Georg Schafer, una sorta di survivalista con un elenco di precedenti lungo cosí. Gert Schafer soffriva di disturbi della personalità associati a crisi di aggressività. Reagisce bene al trattamento farmacologico, tanto che a diciannove anni viene affidato ai servizi sociali che gli trovano un lavoro come guardiano notturno al parco-zoo di Dölsach –. Leoni si portò alle labbra una bottiglietta d'acqua minerale e proseguí. – Lo Schafer e il Baumgartner non condividevano solo i turni di lavoro, ma stando a quanto sostiene il direttore del parco-zoo erano, apro virgolette, buoni amici. Per tale motivo la polizia austriaca, non appena appresa la notizia della morte del Baumgartner, ha cercato di contattare lo Schafer, prima sul luogo di lavoro, quindi al domicilio.

Alcune foto iniziarono a sfilare alle spalle del generale. Un condominio di periferia. Una siepe di rose appassite, un portone d'ingresso. L'interno 15. Un divano rovinato.

– Il domicilio è un appartamento gestito da una cooperativa che si occupa di reinserimento sociale. Il supervisore dello Schafer ha permesso agli agenti di entrare nell'abitazione senza dover attendere un mandato.

Una coperta in un angolo, un cactus, libri e riviste gettati alla rinfusa. Cibo in scatola un po' ovunque. Intonaco scrostato. Una cucina ridotta in condizioni pietose. Un televisore rotto, uno stereo altrettanto malconcio. Le finestre chiuse da assi. I mobili sembravano recuperati in qualche discarica.

– Maresciallo, fermi qui.

Una scatola di munizioni nove millimetri.

Vuota.

– Stiamo parlando di un uomo dallo scarso Qi che, come avrete notato, è quasi del tutto incapace di gestire la propria vita. *In teoria.* Dico in teoria perché su questo punto i colleghi d'oltreconfine hanno espresso un certo scetticismo in seguito alla testimonianza del direttore del parco-zoo, secondo cui lo Schafer aveva manifestato notevoli capacità di adattamento alle mansioni piú disparate, in special modo per quanto riguarda la manutenzione tecnica dell'area protetta. Come esempio ha portato il giorno 30 maggio dell'anno in corso. Durante il proprio turno lo Schafer ha evitato un incendio potenzialmente devastante causato da un corto circuito di cui solo lui si era accorto. Le difficoltà erano invece palesi nel rapporto con il pubblico, motivo per cui era stato assegnato al turno di notte. Inoltre, mi è stato fatto sapere in via informale, lo Schafer è seguito da uno psichiatra, il quale ha piú volte dimostrato scarsa competenza professionale. Al punto che, durante un colloquio con la polizia, non è stato in grado di ricordare nulla o quasi del soggetto.

Soggetto.

Questa parola caricò tutti di adrenalina. Non veniva mai usata con leggerezza.

– Siamo quindi di fronte a una persona da non sottovalutare. A parte la scatola di munizioni nove millimetri, su cui al momento non possiamo esprimere giudizio ma che è bene tenere a mente, data la ferita fatale inflitta al Baumgartner, è altrettanto bene ricordare che Georg Schafer, il padre del soggetto, era un ex militare e un ottimo tiratore. Amava cacciare cervi. Vada avanti con le immagini, maresciallo.

Altre foto. Schedari. Sedie girevoli. Computer.

– L'ufficio dei guardiani notturni del parco-zoo è dotato di due postazioni computer. A un primo esame, quello del Baumgartner è risultato zeppo di pornografia e film scaricati illegalmente. Film sono presenti anche su quello usato dal soggetto il quale, però, alla pornografia preferiva i forum ecologisti.

Melan e la Pellegrini sussultarono. Martini si infilò le cuffie e uscí dalla stanza. Il generale Leoni lo seguí con lo sguardo e tornò a parlare solo quando la porta si chiuse.

– Forum dove intratteneva amicizie virtuali millantando l'appartenenza a una fantomatica Resistenza o Esercito resistente con cui, a suo dire, poneva in essere attacchi di tipo terroristico per combattere, apro le virgolette, l'animale piú pericoloso. Per dare credibilità alle sue invenzioni, lo Schafer mescolava notizie di reali atti di sabotaggio a sfondo ecologista perpetrati da reti antagoniste a pure e semplici menzogne. La maggior parte dei suoi contatti dopo un po' mangiava la foglia e troncava le comunicazioni. Ma c'è un'eccezione. Con il nickname «Christopher», Gert Schafer, il soggetto, ha passato gli ultimi sei mesi a chattare con una certa «Dian». Che noi sappiamo essere…

Una vibrazione percorse la sala briefing.

La foto della bambina con le trecce bionde.

– Dora Holler.

– Hannes ha fatto il furbo, – disse Gert. – Hannes era un finto amico. Tu hai finti amici?

Dora pensò a Elisa, alla volta in cui l'aveva messa in imbarazzo di fronte all'intera scuola, quando lei le aveva confidato di essersi presa una cotta per l'insegnante di scienze. Il ricordo le faceva ancora ribollire il sangue.

– Sí.

– Hannes fingeva di essere mio amico. Un amico vero, sai, Dora? – gli occhi di Gert si riempirono di lacrime, e allo stesso tempo il suo viso si aprí in un sorriso. – Ma adesso Hannes è morto. L'ho perdonato. Ti fa paura la morte?

Dora pensò a nonna Karoline e all'espressione severa, quasi cattiva, che aveva nella camera ardente prima della messa e del funerale, cosí diversa dal viso dolce della donna che continuava a mancarle a distanza di anni.

– Sí, – disse di nuovo.

– Negativo. Non devi. La morte è naturale. La lince uccide la marmotta. La marmotta è cibo per i cuccioli della lince. Morte e vita sono la stessa cosa, capisci? C'è di peggio della morte...

Dora pensò al gufo. Gert aveva ragione. C'era di peggio della morte. C'erano le gabbie. Fu per via di questi pensieri, non per il fruscio delle fronde dei frassini mossi dal vento, che Dora non udí ciò che Gert sussurrò.

– ... ci sono gli occhi nel buio.

La Macchina

Erano le ventitre e tredici quando il brigadiere Terlizzi, dopo essere passato a casa per un bacio alla moglie addormentata e indossare la divisa tattica, entrò nella sede dei Freiwillige di San Candido. La maggior parte dei turisti che ci passava davanti la confondeva per una normale caserma dei vigili del fuoco. Non lo era. I Freiwillige appartenevano a una tradizione secolare che si nutriva di quel particolare senso di radicamento e autosufficienza che solo in zone dove la natura è ostile può affermarsi con tanta forza.

Nato e cresciuto a Pantelleria, Terlizzi sapeva che non c'era molta differenza fra una valle incastrata fra le montagne e un'isola circondata dal mare. Capiva quella gente. Al contrario di tanti colleghi che al primo inverno chiedevano il trasferimento (troppo freddo, troppo buio, troppa claustrofobia quando le pendici delle montagne sembrano volerti schiacciare, e troppa diffidenza da parte degli abitanti), Terlizzi in Val Pusteria si trovava a suo agio, e ci viveva da quasi vent'anni.

C'era voluto del tempo perché quei montanari chiusi e bellicosi – segnati da un conflitto etnico ancora troppo recente per lasciarselo alle spalle senza che ogni tanto l'ombra del razzismo antitaliano facesse capolino – lo accettassero come uno di loro. Quando Terlizzi aveva conosciuto Helga qualcuno aveva storto il naso, sibilando malignità sul suo conto.

Lui però non si era lasciato intimidire, l'aveva corteggiata e il giorno delle nozze la chiesa in cui era stata celebrata la funzione pullulava di persone. Colleghi carabinieri, alcuni parenti volati fin lassú, ma soprattutto il corpo dei Freiwillige al gran completo. In divisa, allegri e pronti a giocargli scherzi il cui ricordo riusciva ancora a farlo sorridere. Poi, scoccata la mezzanotte, quando i Freiwillige avevano «rapito» la novella sposa per farle fare il giro delle case del paese (una tradizione sudtirolese: un bicchiere di grappa in ognuna di esse come augurio di felicità), Terlizzi aveva capito di essere un uomo fortunato: c'era posto per due *Heimat*, due patrie, nel suo cuore. La Sicilia e le Dolomiti.

Tre, contando l'Arma.

– Brigadiere! – Era un ragazzo, uno degli ultimi arrivati. La tenuta dei Freiwillige gli stava larga. – Mi chiamo Markus. Markus Egader. Volevo ringraziarla per il nonno.

Barba a parte, la somiglianza era evidente. Era il nipote del vecchio *Bauer* che per poco non aveva mandato all'altro mondo lui e Melan. Quello con il trattore rosso.

– Sta bene?

Una smorfia. – Cosí dice.

– Dovresti convincerlo a farsi vedere da un medico. Ha preso una brutta botta.

– Se non ci riesce *Omi* Evi…

Omi Evi, nonnina Evi.

– *Holzkopf*, tuo nonno, vero?

– Testa di legno come tutti gli Egader, signore –. Il ragazzo lo disse con un certo orgoglio.

– Helga potrebbe passare per un saluto, se credi.

La moglie di Terlizzi era un'infermiera, ed era molto amata in paese.

Il viso del ragazzo si illuminò. – Sono sicuro che *Opa* non scaccerebbe mai *Frau* Terlizzi.

– Affare fatto.

– E per Dora, signore?

Lo disse a bassa voce, ma tutti i Freiwillige presenti, quattrocchi che passavano le giornate negli uffici del comune, bestioni abituati ad arare campi e mungere vacche, albergatori e camerieri, ricchi e poveri ascoltarono la risposta.

Il generale Leoni entrò nell'ufficio scartoffie, si sedette, appoggiò la sua ventiquattrore di pelle e si guardò attorno.

– Bel posticino, Viktor. Ci sono i gerani alle finestre.

– La risposta è no.

Il generale aprí la valigetta e ne estrasse una scatola. Il fregio sul coperchio non lasciava adito a dubbi: un cerchio con tre frecce all'interno. Fabbrica d'armi Beretta.

– La situazione è questa, – scandí Leoni. – Orlandi coordinerà le indagini insieme a Baldini e…

– Vale a dire che, – fece Viktor con un sorrisetto, ma senza staccare gli occhi dalla scatola, – farà ciò che gli pare.

– Orlandi è un ottimo elemento. Per questo il comando è suo.

– Quindi quella, – concluse Martini indicando la scatola col fregio della Beretta, – a me non serve.

– A mio parere quest'indagine richiede due gruppi operativi. Voglio evitare attriti con il Pm Baldini e dare comunque un contentino alla Pellegrini. Per cui, due squadre.

– Immagino che Orlandi abbia fatto i salti di gioia.

– Ragazzo, tu sai che questa faccenda è uno schifo. E sai anche come potrebbe andare a finire.

– Ed è il motivo per cui non voglio averci niente a che fare. Io sono qui solo per far questo, – Martini picchiettò con ostentazione sulla tastiera del computer. – Compilare scartoffie. Verbali. In attesa di essere processato, degradato e buttato fuori dall'Arma. Orlandi se la caverà anche da solo.

Gli occhi di Leoni si trasformarono in due fessure.

– Abbassa la cresta. Orlandi sa fare il suo lavoro, ma io ho bisogno di sapere che tu sarai della partita.

– Anche volendo, non potrei. C'è il procedimento, la perizia...

– Quella perizia è stata stilata mesi fa, durante un periodo di forte stress che chiunque... – Leoni sottolineò la parola con un gesto secco della mano, – sarebbe in grado di comprendere.

Leoni aprí la scatola. Una Beretta 8000 calibro 45 ACP. Nera, tozza, letale.

– Stavo per mettermela in bocca e premere il grilletto, generale.

– Ma non l'hai fatto. Hai chiesto aiuto e sei stato aiutato. Fine della storia.

Martini scostò lo sguardo dalla pistola. Ne ricordava il sapore: un misto di ferro e lacrime.

– Tre mesi di ospedale psichiatrico, generale.

– Da cui sei uscito meglio di prima. Per quanto mi riguarda sei abile per l'esercizio delle tue funzioni. Qui c'è il foglio di reintegro. Con effetto immediato.

Martini si adagiò sullo schienale della poltroncina, di nuovo un sorriso sulle labbra. – Adesso non dovrebbe appoggiarmi una spada sulla spalla o robe del genere?

– Sei sulla difensiva. Hai paura.

– Anche lei, o non sarebbe qui.

Leoni abbandonò un pesante faldone accanto alla scatola della pistola. Recava impresso il simbolo della polizia austriaca. Prese la valigetta, si calcò il cappello sulla testa e si alzò.

– Non sarà come a Testaccio, Viktor. Non ti lasceremo solo. Non questa volta. L'unica cosa che ti chiedo è...

– Di non pestare i piedi a Orlandi.

– Puoi farlo?

Martini afferrò la scatola della Beretta e la chiuse a chiave nel cassetto della scrivania. – Io sono l'Inquilino dell'ufficio 5. Batto verbali, contravvenzioni e moduli per la benzina. Nient'altro.

Leoni arrivò alla porta, poi si fermò. – La storia dell'animale piú pericoloso... ci ho riflettuto. Credo che il soggetto non abbia capito che l'animale piú pericoloso non è quello che uccide o distrugge, quello è un semplice predatore.

– Perché, c'è qualcosa di piú pericoloso di un predatore?

– Sí, – concluse Leoni, prima di chiudersi la porta dietro le spalle. – Un predatore ferito. Buon lavoro, capitano Martini.

La Macchina si mise in moto. Il maresciallo Fanti e il capitano Orlandi avevano diviso la zona operativa in quadranti di diversa ampiezza. La variante che aveva determinato quella scelta era l'asperità del territorio. Un conto era svolgere delle ricerche su un'area praticabile come un fondovalle, tutt'altro inerpicarsi per i sentieri meno battuti.

Gli elicotteri – per il momento l'AB-412 dei carabinieri, a cui, non appena avesse fatto giorno, si sarebbe aggiunto uno dei due EC-135 in dotazione al soccorso alpino – non servivano a granché nelle zone in cui la vegetazione era cosí fitta da rendere impossibile un avvistamento dall'alto, ma potevano risultare utili alle quote piú elevate, dove larici e abeti scomparivano e il pino mugo diradava per lasciar spazio a rocce, canali e ghiaioni.

Partecipavano alle ricerche membri del soccorso alpino, unità cinofile, uomini della guardia forestale e dei Freiwillige, e un piccolo contingente della guardia di finanza.

– Ogni squadra si terrà in costante comunicazione con il posto comando. Alle squadre delle aree A3, A4 e C5, cioè in prossimità degli ultimi avvistamenti della bambina e del luogo in cui il padre è convinto sia diretta, la zona del nido della lince, verrà affiancato un carabiniere: se, e ripeto il se, il soggetto ha effettivamente adescato Dora e se è realmente in possesso di un'arma, voglio che ci sia con loro qualcuno capace di proteggerle.

Gli uomini annuirono, impazienti. C'era eccitazione nell'aria. Il capitano Orlandi nascose la propria soddisfazione.

– Altre squadre composte unicamente da uomini dell'Arma si dedicheranno ai quadranti D1 e F4.

Non ci fu bisogno di spiegarne il motivo. La cartina proiettata sullo schermo della sala briefing parlava chiaro. D1 e F4 coprivano la zona Geiger, dove era stato trovato il Renault. Fanti iniziò a passare i fogli compilati con cura.

– Il generale Leoni, – continuò Orlandi, – ha anche deciso che saranno due i gruppi operativi a lavorare su questo caso. Il secondo, di supporto, sarà coordinato dal capitano Martini.

Molte teste si alzarono dai fogli d'assegnamento. Si udí qualche mormorio.

– Il gruppo del capitano Martini sarà composto da un unico membro, il carabiniere scelto Melan, e farà capo alla dottoressa Pellegrini del tribunale dei minori. Il suo scopo è… – Una breve pausa, poi un sorriso. – Francamente non ne ho idea. Il generale Leoni ci chiede di dare al capitano Martini tutto il supporto necessario. Carte bollate e toner per stampanti, immagino.

La sua battuta provocò alcune risate.

Orlandi tornò serio.

– Un'ultima cosa. Il soggetto sa come muoversi nei boschi ed è probabile che sappia anche sparare. Siate cauti.

All'interno del perimetro della stazione di San Candido era compreso un magazzino che i carabinieri chiamavano, senza che nessuno ne conoscesse il motivo, l'hangar. Lí il dottor Tamanin aveva fatto portare il Renault da quattordici tonnellate e si era messo al lavoro con i suoi collaboratori. Da Laives, una cittadina a pochi chilometri da Bolzano, sede del nucleo scientifico, era arrivata la postazione mobile con l'attrezzatura necessaria all'esame dell'autocarro insieme al terzo e ultimo dei tecnici, quello di cui Tamanin piú si fidava. La postazione mobile altro non era che un Berlingo goffo e brutto, ma dotato comunque delle migliori tecnologie sul mercato. Per prima cosa il dottore indossò la tuta protettiva, e si accertò che i suoi uomini facessero altrettanto. Superfluo, perché erano professionisti di primo livello, ma a certe regole il capo del nucleo scientifico non sapeva rinunciare. Era il motivo per cui la sua ex moglie aveva chiesto il divorzio: sindrome del controllo, la chiamava. Non aveva tutti i torti.

Con Orlandi, Tamanin aveva un po' esagerato presentandogli il Renault come una specie di arma capace di trasformare l'Alto Adige in un cimitero, ma la realtà dei fatti non era poi tanto distante. Dall'Austria erano arrivate le informazioni che riguardavano sia il parco-zoo di Dölsach sia la lista degli ultimi carichi transitati sul Renault. Un paio di quei dati avevano fatto rizzare le antenne al dottore.

Dall'esterno, non fosse stato per il simbolo di contaminazione biologica, il Renault poteva sembrare un camion frigo di quelli usati dai supermercati. L'interno invece era spoglio, fatta eccezione per alcuni ripiani in acciaio e un bidone sigillato in un angolo, trattenuto da appostiti ganci metallici. Come da routine, i tecnici iniziarono spruzzando il Luminol. E subito chiamarono il dottor Tamanin.

Una delle specializzazioni di Tamanin era lo studio delle tracce ematiche. La cosiddetta Bpa. La Bloodstain Pattern Analysis parte da tre principî empirici: gravità, viscosità e tensione superficiale. Da questi tre dati e da ciò che ne derivava si potevano dedurre un bel po' di cose utili alle indagini. Il movimento delle persone mentre il delitto si stava compiendo, per esempio. La posizione durante il sanguinamento, i movimenti successivi al delitto. La modalità e l'arma usata. La direzione degli schizzi, che dava un quadro preciso riguardo all'area di impatto e al numero dei colpi inferti. Lo scopo della Bpa è fornire agli investigatori la piú plausibile ricostruzione della sequenza del delitto. O, come diceva Tamanin: «Inchiodare i figli di puttana».

Proprio per analizzare la Bpa della scena di zona Geiger, su una parete dell'hangar il dottore aveva appeso le fotografie scattate attorno e dentro al Renault, quelle dell'area circostante e quelle del cadavere. La prima ricostruzione di quanto accaduto era stata abbastanza semplice: il tizio si becca una pallottola nello stomaco, esce dall'abitacolo, si avvia verso il pino mugo, inciampa, si trascina fino agli alberi, si porta le mani al ventre sperando di arrestare l'emorragia, o piú probabilmente per un atto istintivo di protezione, finisce le energie, cade e si becca il colpo con una nove millimetri da distanza ravvicinata.

Nel retro del Renault tutte le tracce mostrate dal Luminol, quella quantità di Dna, non avevano alcun senso.

– Dottore?

– Esca di qui. Adesso. Subito. Immediatamente.

L'uomo, giacca militare e t-shirt, anziché obbedire accostò la porta dell'hangar e si avvicinò.

– Viktor Martini. Vorrei farle un paio di domande riguardo al...

– Ho già detto al capitano Orlandi che...

L'uomo alzò la mano. – Orlandi e io non lavoriamo insieme. Squadre parallele, diciamo cosí.

– E allora diciamo, – esplose Tamanin rosso in viso, – che anche lei può andare dove già ho mandato Orlandi.

– Ho letto la relazione della polizia austriaca, capisco le sue preoccupazioni. Ma non è l'interno del Renault che mi interessa.

– Quella relazione è tecnica e lunga. Due aggettivi che gli investigatori non digeriscono. Non mi prenda in giro, – Tamanin si tolse la mascherina. – Si può sapere chi è lei?

– Viktor, dell'ufficio *s*.

– Ufficio *s*?

– La *s* sta per «scartoffie». Leggo velocemente e salto le pagine in cui non si capisce un tubo, quindi ho fatto in fretta. Comunque non mi interessa ciò che contiene o conteneva il Renault. Vorrei solo recuperare alcuni dati, – mostrò un tablet e un cavo Usb, – poi me ne vado. Immagino che lei abbia già… – Sgranò gli occhi. Intanto che i due discutevano, i tecnici avevano finito di irrorare di Luminol il cassone dell'autocarro. Rifulgeva come il cielo a capodanno.

– Non è possibile, – esclamò Viktor.

– Adesso capisce perché non ho tempo da perdere?

– Sembra un mattatoio.

– Ma non lo è. Nei mattatoi si trovano chiazze profonde e… – Tamanin scosse la testa. – Il punto è che ogni singola traccia potrebbe essere infettiva.

– Pensa sia sangue animale?

– Non lo siamo tutti? Le è chiaro adesso perché deve andarsene da qui? Martini? Mi sta ascoltando?

No, Viktor era da un'altra parte. A Roma, l'unica capitale al mondo sorta sulla scena di un delitto. Un fratricidio, per la precisione. Ma non c'erano Romolo e Remo davanti ai suoi occhi mentre il dottore lo scrutava, preoccupato. C'erano luci stroboscopiche, musica ad alto volume, l'odore dell'alcol e del sesso a poco prezzo, dello smog. Delle scale ripide che puzzavano di fogna. Ratti. E un uomo dal viso gentile, gli occhiali squadrati con lenti spesse da miope. Un uomo che gli diceva...

Tamanin lo scosse. – Martini? Sta bene?

– Nella relazione si parla di un... guinzaglio elettronico. Capisce che intendo?

Tamanin lo fissò, poi annuí. – Sappiamo entrambi che è illegale. E sappiamo entrambi che non gliene frega niente. Per quanto mi riguarda lei non è mai stato qui. Perciò dia quel tablet a un mio collaboratore e gli dica cosa fare. Al resto penserà lui. E non si azzardi a toccare niente, d'accordo?

Prima la paura, l'angoscia che ti schiaccia a terra senza darti nemmeno la possibilità di respirare. Poi la rabbia.

Matthias Holler entrò nella stazione di San Candido a passo spedito, diretto verso la dottoressa Pellegrini. Il maresciallo Fanti si fece avanti per bloccarlo, ma un cenno della donna lo fece desistere.

– Perché? – chiese a voce alta Matthias Holler. – Perché non posso partecipare alle ricerche?

– Perché lei è piú utile a casa, con sua moglie, – fu la risposta ferma e pacata della dottoressa. – Dove la possiamo contattare.

E dove, pensò la Pm, non può combinare guai.

L'uomo indicò la porta. – Sa cosa sta facendo Elisabeth in questo momento? È stesa sul letto di Dora. Non piange. Non si lamenta. Non parla. È catatonica.

– Farò intervenire uno specialista dell'ospedale di Bolzano. È una reazione comune nei casi di...

– Mia figlia è scomparsa, – gridò Matthias Holler, – e lei crede che io me ne starò con le mani in mano?

Il viso della Pellegrini si indurí. – Sí. Tornerà a casa, aspetterà l'arrivo del supporto psicologico e farà esattamente quanto le verrà suggerito.

– Nemmeno per sogno, – sbraitò il padre di Dora. – Nemmeno per sogno!

Detto questo uscí dall'edificio, furibondo.

– Vuole che provi a farlo ragionare? – azzardò Fanti.

– Fra mezz'ora gli sarà passata. Contatti il San Maurizio e mandi a casa degli Holler uno psicologo.

Fanti sparí.

– Melan? – chiamò la Pm.

Il carabiniere scelto arrivò in un battito di ciglia.

– Martini? – chiese la Pellegrini. – Dov'è finito?

– In ufficio, dottoressa.

– In... – incredula, la dottoressa Pellegrini non terminò la frase. Seguita da Melan, che a stento teneva dietro alle sue falcate, superò il corridoio, arrivò all'ufficio *s* e diede due vigorosi colpi sulla porta di legno, senza ottenere risposta. Provò la maniglia, due, tre volte. Chiusa. Dall'ufficio proveniva il consueto: *tic-tic-tic*.

Prima o poi doveva succedere, pensò Terlizzi, mentre estraeva la Beretta dalla fondina tattica e faceva cenno ai due uomini che lo accompagnavano di proseguire come nulla fosse. Si accucciò, controllò che la sicura fosse inserita, strisciò fra i rovi, gli occhi puntati sul suo obiettivo, nascosto dietro un paio di massi erratici coperti di muschio: un berretto da baseball giallo.

Terlizzi attese che gli uomini del soccorso si togliessero dalla linea di tiro e iniziò a percorre gli ultimi metri che lo separavano da Cappellino Giallo. La sua posizione non era fra le migliori, Terlizzi aveva i primi barbagli dell'alba che lo costringevano a socchiudere le palpebre, ma Cappellino

Giallo non si accorse di nulla finché il brigadiere non gli fu addosso e con un calcio scaraventò di lato la doppietta che l'altro stringeva fra le mani. Quindi gli puntò la Beretta dritta in faccia.

Che se la facesse sotto, quello *strummolo*.

L'uomo alzò le mani. – Brigadiere, non spari.

– Holzer, – lo riconobbe Terlizzi.

– Sissignore.

Il brigadiere fischiò, senza smettere di puntare la pistola contro Alexander Holzer, alias Cappellino Giallo, artigiano di San Candido (la metà dei caprioli in legno da cinque euro che i turisti si portava a casa come souvenir era opera sua), artista mancato, cacciatore nel tempo libero e idiota patentato.

Terlizzi non abbassò l'arma neppure quando i due uomini del soccorso afferrarono la doppietta, tolsero le cartucce e misero in sicurezza il fucile. Anche loro, come la maggior parte degli uomini della valle di un'età compresa fra i venti e i novanta, possedevano la licenza di caccia e sapevano maneggiare un'arma.

Terlizzi infilò la pistola nella fondina. – Alzati.

Holzer obbedí.

– Girati. Mani dietro la schiena. Palmi verso di me.

– Mi vuole arrestare?

Terlizzi nemmeno si prese la briga di rispondere. Ammanettò l'artigiano, poi compose il numero del capitano Orlandi.

– Ecco il primo, capitano.

Orlandi chiuse la comunicazione. Diede ordine di dare supporto a Terlizzi: c'era un pacco da ritirare. Ne sarebbero arrivati altri. Una notizia del genere non poteva restare nascosta a lungo. I carabinieri sapevano tenere la bocca chiusa, ma i soccorritori? I Freiwillige? Quanto ci era voluto perché la voce passasse di casa in casa? Quanto perché qualcuno facesse due piú due con il furgone e il cadavere? Quanto perché qualche testa calda avesse la bella pensata di imbracciare un'arma e mettersi a cercare la bambina? Quello era il Sud Tirolo, e nonostante i rifugi all'avanguardia, le funivie di ultima generazione e i pullman all'idrogeno, certe faccende si risolvevano cosí da secoli.

Erano le cinque e quarantatre minuti. Dora era scomparsa da circa quattordici ore e il capitano si chiese cosa stesse facendo in quel momento. Dormiva rannicchiata fra gli alberi? Camminava alla cieca inseguendo il suo proposito infantile ed eroico insieme? In entrambi i casi: il tizio butterato la cui foto era appiccicata accanto alla cartina geografica su cui erano segnati gli spostamenti delle varie squadre era davvero con lei? E cosa voleva?

Stava bene, Dora? Era ferita? Oppure…

Orlandi pensò al viso di sua moglie, addormentata. Provò l'impulso di chiamarla solo per sentirne la voce. Non lo fece. Avrebbe rischiato di svegliare i gemelli. Meglio di no. Cosí l'interrogativo affiorò.

I suoi uomini stavano cercando un cadavere?

L'uomo che raccoglie nomi

Frustrato, sentendosi tagliato fuori dall'azione, il carabiniere scelto Melan si adagiò su una sedia ad ascoltare lo scalpiccio degli anfibi sui pavimenti della stazione, il gracidare delle radio, il rombo dei motori e infine il silenzio, che lo precipitò in una specie di agitato dormiveglia.

Poi: Viktor.

– Ce l'hai qualcosa di decente da metterti addosso? – Il capitano Martini aveva la faccia stropicciata e gli occhi iniettati di sangue a furia di stare davanti allo schermo. – Togli la divisa e vieni fra cinque minuti nel piazzale. Ho bisogno di un autista. A proposito, come ti chiami?

– Michele.

– Recluta mi piace di piú. Muoviti.

La prima volta Gert non rispose, e Dora allungò il passo per accorciare la distanza. La seconda, fu chiaro che stava fingendo di non sentirla. Ma Gert era un guerriero. Un *eco-warrior*. Normale che fosse un po' rude. Dopo la terza volta, però, nonostante due ore di sonno avessero scalfito di poco la spossatezza dovuta alla marcia forzata cui si erano sottoposti per quasi tutta la notte, Dora lo superò e gli si piantò davanti, i pugni sulle anche e l'espressione di sfida sul viso.

– Mi ascolti o no?

– Affermativo, ma no. Negativo, – ansimò Gert. – La lince. Dobbiamo camminare.

– Stiamo sbagliando strada.

– Negativo.

La ragazzina indicò la direzione da cui arrivava la luce del sole e allargò il braccio. – Quello è l'est. Corretto?

– Non c'è tempo.

Dora allungò l'altro braccio, formando una croce. – Ovest. Corretto?

– Dobbiamo fare in fretta.

Dora diede un pestone in terra. – Corretto o no?

– Affermativo. Lo sa anche un boy-scout.

Il braccio di Dora si spostò. – Noi dobbiamo andare verso sud-ovest.

Gert evitò il suo sguardo. – Secondo le mappe sí.

– E allora perché stiamo andando a nord?

Gert si sfilò lo zaino, afferrò la borraccia e si dissetò.

– Chi ti ha detto della lince?

– Mio padre.

– Chi sapeva del nido?

– I miei genitori.

Gert rimise il tappo alla borraccia.

– Ecco perché andiamo a nord. La Val Fiscalina sarà piena di gente che ti sta cercando. E di elicotteri.

– Ma il nido della lince è lí! – esclamò Dora. – Se non salviamo i cuccioli, come facciamo a evitare che…

– Affermativo. Salvare i cuccioli. La missione. Proteggere il nido. Ma se ci prendono prima… – C'era dolcezza nelle parole dell'uomo dal viso butterato. – Tu tornerai a casa e io finirò in prigione.

Dora avvampò, piena di rimorso. – Ti avevo detto di avere diciotto anni. Lo so. Scusa.

Il viso di Gert si distese in un largo sorriso.

– Mentire serve a depistare. Ascoltano tutto. Leggono tutto. A quest'ora avranno già rivoltato come un calzino i computer, le nostre cose. E…

Gert si bloccò, aprí la bocca, lo sguardo vacuo. Aveva lasciato la scatola di munizioni nel suo appartamento o l'aveva fatta sparire? Difficile ricordarlo. Difficile distinguere gli incubi (il buio, gli occhi, le mani protese) dalla realtà. Se avesse continuato a prendere le medicine ci avrebbe messo un po', ma la risposta sarebbe emersa dalla sua memoria cancellando ogni dubbio. Però Hannes l'aveva convinto a smetterla con le pillole e per quanto lui ora si sforzasse non riusciva proprio a ricordare che fine avesse fatto quella scatola. Inoltre, si chiese sfregandosi le mani sui pantaloni, che altro poteva aver dimenticato? Quanti particolari si era lasciato alle spalle? Quanto gli poteva essere sfuggito? «Le pillole ti rendono piú stupido e piú lento del solito». Era vero. Però le medicine evitavano che gli incubi si confondessero con la realtà. O che quando si arrabbiava le tempie iniziassero a battere come tamburi di guerra.

Anche Dora sprofondò in sé stessa. Credeva di aver pensato a ogni conseguenza della sua fuga. Era ovvio che i suoi genitori avrebbero chiamato i carabinieri e che il soccorso alpino l'avrebbe cercata. Però non aveva considerato che i carabinieri avrebbero ficcato il naso tra le sue cose. I suoi libri, i poster. Li immaginò a terra, accartocciati, calpestati. Immaginò anche il viso di sua madre quando avesse visto l'ultimo messaggio di Gert. Quello che non aveva avuto il coraggio di cancellare. L'emoticon che mandava baci. Il solo pensiero la fece avvampare.

– Gert?

– Affermativo, – mormorò l'uomo. – Io sono okay. Tu sei okay?

– Solo se mi dici dove stiamo andando.

– Rifugi della Resistenza. Segreti, nascosti, sicuri.

Dora sgranò gli occhi. – Questo significa che io...

Gert allungò la mano. – Benvenuta nella Resistenza. Sei okay adesso?

Dora la strinse e sentí il petto gonfiarsi di orgoglio.

– Sono okay.

Non ci furono altre domande, e Gert non dovette piú mentirle. Non gli piacevano le bugie, neanche se dette a fin di bene. Dora non avrebbe capito. Non subito, almeno. I viet-cong non avevano vinto la guerra in poche settimane. La *Blitzkrieg*, diceva suo padre, era una teoria per fessi. Le guerre si vincevano con tattica, pianificazione e pazienza. Tutte e tre richiedevano tempo e là dove Gert stava portando Dora il tempo non aveva importanza. Lí la ragazzina avrebbe capito. Nel frattempo doveva mentirle. Sorrise, mostrò il pollice e riprese la marcia.

Da San Candido a San Vito fino a località Mauer. Se sei un turista, roba da lucidarsi gli occhi. Ma loro non lo erano, e Melan cominciava a innervosirsi. La Pellegrini, nemmeno a dirlo. Di nuovo San Candido, direzione Dobbiaco, dopo il centro sportivo, oltre la stazione dei treni, verso Zwigl.

Altra sosta. La dottoressa Pellegrini mitragliava domande e Martini si trincerava nel suo silenzio. In macchina. Indietro, superata Versciaco fino a Prato alla Drava che prendeva il nome da quel rigagnolo che finiva nel Danubio. La Pellegrini, un grado piú in là del porpora. Martini, zitto.

San Candido, Moso, Sesto Pusteria, statale 52 oltre il Caravan Park, passo Monte Croce in bella vista. Cima Undici e il Popera come sfondo. Sempre la stessa scena. Arrivavano in un posto desolato, Martini scendeva, si guardava attorno. Prendeva appunti. Scattava foto. Ignorava la Pellegrini. Poi risaliva in auto. Alla radio musica country intervallata da rock anni Ottanta. Viktor mezzo sdraiato sul sedile posteriore, a fissare un tablet con gli auricolari nelle orecchie. Non li sfilava nemmeno quando grugniva indicazioni.

– Alla prossima, a sinistra. C'è da fare un po' di rally.

La Ford s'inerpicò fin quasi al limite del parco naturale, con la Croda Rossa che sembrava aspettarli incarognita.

– Qui.

Non un'anima in giro.

Martini scese dall'auto. La Pellegrini lo seguí. Melan spense il motore e spalancò il finestrino, aveva bisogno di aria fresca. La Croda Rossa, con le guglie simili a zanne, lo faceva sentire vulnerabile. Quando Martini e la Pellegrini cominciarono a discutere, alzò il volume della radio. Johnny Cash gli spiegò che c'era un uomo in giro, un uomo che raccoglieva nomi. Melan guardò Martini. Sopra il capitano alcuni gracchi volavano in cerchio. Un uomo, proseguiva la canzone, che raccoglieva nomi e decideva chi liberare e chi condannare. Il carabiniere scelto iniziò a sentirsi a disagio. C'era un che di sinistro in quelle parole. E, dovette ammettere, c'era qualcosa di sinistro anche nel fatto che calzassero a pennello per descrivere l'Inquilino dell'ufficio *s*. Quando Johnny Cash cantò di centomila angeli in coro, un gracchio, penne nere e rostro affilato, si posò sul cofano della Ford e Melan decise di averne abbastanza. Spense la radio.

Il gracchio restò a fissarlo, torvo.

L'edizione delle dieci del Tg regionale alternava immagini di Sesto Pusteria, di San Candido e della zona circostante, al viso in lacrime di Elisabeth Holler, la madre di Dora. Per qualche motivo, notò il maresciallo Fanti, la donna sembrava rimpicciolita. Il capitano Orlandi, invece, faceva un figurone. Poche parole, sguardo fermo. *La trove-*

remo. Fanti maledisse il suo superiore. Una promessa è una promessa, capitano. E se non fossero riusciti a mantenerla, quella povera donna si sarebbe ristretta fino a scomparire. Brutti pensieri, inutili. Era solo la stanchezza, si disse.

Il brigadiere Terlizzi si concesse una sosta. I due uomini che lo accompagnavano, Heinz e Franz, due fratelli di Sesto Pusteria, gli offrirono un sorso di grappa.

– Non bevo quando sono in servizio, grazie.

– È ancora in servizio, brigadiere? – fece Franz, il maggiore dei due. – Da quanto non dorme?

Terlizzi alzò le spalle. – Se fosse tua figlia?

– Sarei in giro. Ma con un fucile in spalla.

– Se hai da dire qualcosa, dilla.

Franz prese fiato. – Alexander Holzer... Era necessario arrestarlo?

– Sí.

– Manette e tutto?

– Manette e tutto, avrebbe potuto sparare a uno di noi. E hai sentito come puzzava?

Franz, colto in fragrante, fece sparire la fiaschetta. – Però, quel tipo, Gert...

– Pausa finita. Andiamo.

Orlandi scese dal Renegade. La conferenza stampa era andata bene, ma i reporter accorsi all'abitazione di Dora erano giornalisti locali. Sapevano del collegamento fra la sparizione della ragazzina e la morte di Hannes Baumgartner, e per il momento avrebbero rispettato il tacito accordo delle ventiquattro ore, in base al quale il capitano dettava lo spartito che loro avrebbero riproposto ai bravi cittadini dell'Alto Adige. Che avevano il diritto di sentirsi sicuri e che non dovevano farsi venire strane idee. A parte il falegname sedicente artista, non c'erano state altre teste calde da sbollire, ma scadute le ventiquattro ore la notizia sarebbe arrivata alla stampa nazionale. Perché era agosto. Perché la politica languiva. Perché gli sbarchi degli immigrati erano in diminuzione. Perché la storia di una tredicenne nelle mani di uno psicopatico era roba da leccarsi i baffi. E i boschi sarebbero stati presi d'assalto da *Bauer* incazzati come vipere, «cittadini preoccupati», ubriaconi senza niente da fare e gentaglia che tentava di dare un senso alla propria nullità brandendo un'arma.

– Non mi saluti nemmeno?

La moglie di Orlandi si protese per baciarlo, ma il capitano si ritrasse, accigliato. Mai in divisa, le aveva detto e ripetuto. Mai davanti ai sottoposti. Chiara arrossí, senza perdere il sorriso.

– C'è qualcosa che non va con i gemelli? – chiese Orlandi, brusco.

Chiara gli porse un cestino da pic-nic.

– Sono da mia madre. Ho pensato di portarvi questi.

– Abbiamo un servizio mensa, lo sai.

– Dici sempre che non è un granché.

Orlandi cercò di rilassarsi.

– Scusa, – mormorò sfilandole il cestino dalle mani. – Abbi pazienza. Quella ragazzina è una faccenda orribile.

La donna si incupí. – Non faccio che pensarci. Ho visto Baldini, poco fa. È passato al tribunale dei minori?

– No, lui è sulla storia del morto.

– Chi c'è del tribunale dei minori?

– La Pellegrini.

– La conosco?

– Forse. Può essere.

Chiara gli scoccò un bacio sulla guancia e lo salutò con un: – Prendi i cattivi, mi raccomando.

Orlandi la seguí con lo sguardo. Cos'aveva letto nei suoi occhi quando aveva nominato la Pm? Chiara sapeva della Pellegrini? E se sapeva, perché non ne aveva mai fatto parola? Cazzate. Chiara non sa nulla e non è il momento per farsi venire i rimorsi di coscienza, si disse sfregando la guancia nel punto in cui il bacio aveva lasciato un'ombra di rossetto.

Bruciava.

Quando la Pm ebbe terminato la sfuriata, Martini commentò. – Io non lavoro cosí, dottoressa.

– Lei lavora per me. Se io le chiedo il motivo delle sue azioni, lei ha il dovere di rispondere.

– Lei non conta un cazzo. Io non conto un cazzo. L'idea della squadra di supporto è una stronzata, – rispose duro Viktor. – Il capitano Orlandi ha il comando. È lui che le deve delle spiegazioni, ma non gliele fornirà perché, come sappiamo entrambi, il Pm è Baldini, non lei. È chiaro?

– E allora perché siamo qui?

– Perché me l'ha chiesto il generale Leoni. Adesso mi chieda di Testaccio, come fanno tutti.

– So già quello che mi serve.

Viktor scrollò le spalle e tornò a guardarsi attorno. – Lei non sa proprio niente, dottoressa.

– Ho letto i giornali, so cos'è successo.

La Pellegrini si rese conto di aver commesso un errore. Lo sguardo da cane affamato di Martini si trasformò in qualcosa di piú sottile e minaccioso. Tuttavia Viktor non alzò la voce, il suo tono suonò solo stanco. E non ci fu nemmeno sarcasmo nelle sue parole. Forse un velo di tristezza.

– Lei *ha letto i giornali*.

– Vuole che mi procuri i faldoni dell'inchiesta cosí poi potremo collaborare? Mi sta dicendo questo?

– Le sto dicendo che lei non c'era. Non c'era prima, non c'era durante. Né tantomeno dopo.

– Tre mesi all'ospedale psichiatrico Santa Maddalena di Orvieto. Questo lo so. E allora?

– Allora mi lasci lavorare.

– Sa cosa mi ha detto Leoni? Mi ha detto di lasciarla fare. Che lei è un cacciatore, che questo mestiere ce l'ha nel Dna.

– Leoni non ha detto Dna. Ha detto...

– Sangue.

– E non ha detto...

– Ha detto predatore. E sa cosa ha aggiunto? Che il predatore piú pericoloso è quello ferito. Come lei e come me.

Gli occhi della Pellegrini agganciarono quelli di Martini, inchiodandoli.

– A quindici anni sono scappata di casa. Uno degli amici di mia madre voleva che lo chiamassi zio anche quando si infilava nel mio letto. Ha presente il tipo, suppongo. Invece di finire tossica, o peggio, ho trovato chi mi ha aiutato. Lo stronzo che voleva essere chiamato zio non è nemmeno finito in cella. Era incensurato e non c'erano prove. Mia madre testimoniò contro di me. Ottenni l'emancipazione. Mi diplomai. Mi pagai gli studi in Giurisprudenza facendo la cameriera. *Summa cum laude.* Per festeggiare sono andata sotto casa del bastardo con un paio di forbici. Sono stata lí tutta la notte e ho deciso che non ne valeva la pena. Ho lavorato sodo. Ho incontrato un magistrato prossimo alla pensione, il padre che non ho mai avuto, se vuole un po' di psicologia spicciola. È stato lui a mettere le manette al figlio di puttana, che nel frattempo aveva mollato mia madre e si faceva chiamare zio da un'altra poveretta. Al processo ci siamo incrociati, ma lui non mi ha riconosciuta. Ho vinto il concorso. Sono stata trasferita al tribunale di Bolzano, ho incrociato Orlandi e ci sono andata a letto. È stato stupido e infantile, ma l'ho fatto. Poi ho troncato. Non perché è sposato, ma perché subito dopo, mentre il capitano dormiva, ho avuto un attacco di panico. Proprio come ogni volta che un uomo mi mette le mani addosso, anche se sono io a chiederglielo. Pensavo che Orlandi, essendo un... uno dei buoni... ma non è successo. L'ho accettato. Ho accettato la mia ferita. La uso per il mio lavoro. È quello che dovrebbe fare anche lei, o sbaglio?

Restarono in silenzio sotto lo sguardo della Croda Rossa, con i gracchi che volteggiavano torvi e mille non detti che passarono dalle iridi chiare come l'Artide della Pm a quelle senza fondo di Martini. Alle fine il capitano le porse il tablet.

– Cosa vede, dottoressa?

– Una mappa della zona. Puntini.

– Il Renault era tracciato. Il parco-zoo l'aveva dotato di un localizzatore satellitare. Lo trova nel rapporto della polizia austriaca. Nessuno legge mai i rapporti con la dovuta attenzione, vero dottoressa? A parte gli avvocati della difesa. Il localizzatore serviva a tracciare i movimenti del veicolo perché...

– ... potenzialmente pericoloso.

– Quindi in caso di furto era meglio poterlo individuare in fretta. La polizia austriaca si è fatta inviare le rilevazioni del localizzatore, senza riscontrare anomalie. Ma non ha pensato di verificare i dati ottenuti con quelli del navigatore collegato al Gps. Incrociandoli salta fuori che Hannes ogni tanto staccava il localizzatore, ma non spegneva il Gps. Forse non sapeva come fare o forse non ci pensava.

Martini si portò al fianco della dottoressa e le prese il tablet dalle mani. I punti furono fagocitati da un mare di linee. Nere. Blu. Rosse.

– Le linee nere corrispondono agli spostamenti del Renault registrati sia sul Gps sia sul server del localizzatore. Dal parco-zoo a un laboratorio. Oppure dal parco-zoo a qualche rifugio per animali e di nuovo a un laboratorio. Andata e ritorno. Tutto in regola, mai una deviazione, come le dicevo. Le blu e le rosse sono quelle che invece non sono state registrate dal localizzatore, ma solo dal Gps.

Martini isolò le blu e lasciò che fosse la Pm a trarre le conclusioni.

– Pompe di benzina, night club. Bordelli...

– Una vita semplice, quella di Hannes. Usava il Renault per farsi gli affari suoi. Non un genio del crimine, ma nemmeno uno stupido. Ogni volta il mezzo tornava alla base con il serbatoio pieno.

– E solo allora ricollegava il localizzatore. Le linee rosse cosa sono?

– Localizzatore staccato ma niente bordelli o night. Le linee rosse sono quelle che abbiamo percorso insieme. I puntini sono i luoghi in cui il Gps segnalava una sosta prolungata. Dalle due alle quattro ore.

La donna si guardò attorno. Martini notò che quando rifletteva aveva la tendenza a mordersi le labbra.

– Perché Baumgartner andava in posti come questo? Non c'è niente.

– Buona domanda, però non direi che non c'è niente, – fece Viktor. – Qui c'è molto. Guardi.

Martini, si rese conto la Pm, aveva fotografato centimetro per centimetro i luoghi del loro viaggio.

– Mozziconi di sigaretta, animali morti, preservativi usati e segni di pneumatici?

– Tutto per i verbali.

– I verbali –. La Pellegrini scosse la testa. – Lei è davvero l'Inquilino dell'ufficio scartoffie, vero capitano?

– Facciamo un patto. La smetta di chiamarmi capitano e io smetterò di tenerla all'oscuro di ciò che faccio.

– Facciamo invece che lei mi dice tutto e subito, e quando questa storia sarà finita farò lo sforzo di chiamarla Martini.

– Non Viktor?

– Lo trovo fuori moda, capitano.

A Martini scappò una mezza risata che fece volare via il gracchio appollaiato sul cofano della Ford. – Ha appena perso la possibilità di conoscere in anticipo la nostra prossima meta.

Gert si appoggiò al tronco di un frassino, boccheggiando. Le tempie avevano cominciato a battere.

– Ho bisogno di una pausa.

Dora annuí, anche lei era distrutta. Mano a mano che procedevano il sentiero si era fatto piú difficile; aveva le caviglie gonfie e sentiva lo stomaco brontolare. Rovistò nello zaino e prima di rendersi conto della propria sfacciataggine aveva già divorato un paio di barrette al muesli.

– Ne vuoi una? – chiese.

Gert aveva gli occhi chiusi. Sfregava le unghie le une contro le altre, tremando.

– Gert? – Dora gli si avvicinò, tendendo la barretta. L'uomo riaprí gli occhi e Dora vi lesse terrore. – Devi mangiare, sei pallido.

– Affermativo. Stanco, – Gert afferrò la barretta e cercò di aprire la confezione, senza riuscirci.

– Vuoi che ti aiuti?

– Negativo, ce la faccio. Io. Io... – sbottò, gettando a terra la barretta e calpestandola con furia. – Merda, merda, *merda*!

Poi iniziò a prendere a calci lo zaino, che si rovesciò. Solo allora parve chetarsi.

– Scusa. Scusa. Scusa.

Afferrò la barretta, che sotto il suo peso era letteralmente esplosa, e leccò l'involucro. – È buona, squisita. Io ho queste…

Le porse un barattolo di latta privo di etichetta.

– Roba della Resistenza? – chiese Dora.

– Affermativo. Niente chimica. Il muesli è buono, ma questa è piú buona –. Gert si bloccò, guardandosi attorno smarrito. – L'apriscatole. L'apriscatole. Non ho portato…

Rovistò fra le sue cose sparse a terra, guaendo. Dora gli allungò il coltellino multilama che le avevano regalato per Natale.

Gert aprí una delle lattine senza etichetta.

– Assaggia.

L'odore era pessimo. Il sapore, peggiore. Tuttavia, visto che Gert sorrideva felice, usando le dita a mo' di cucchiaio, Dora ne mangiò una buona porzione.

Il resto lo trangugiò Gert in pochi secondi.

– Sei stata previdente. Ottima idea il coltello. Io ho dimenticato il mio.

Dora pulí la lama contro i pantaloni, la richiuse e ripose il multiuso, mentre Gert raccoglieva le sue cose canticchiando. Dora sentí le dita sfiorare lo smartphone ed ebbe un'esitazione. Aveva portato il telefono con sé solo nell'eventualità che accadesse un incidente, però era curiosa. Quella smorfiosa di Elisa. Chissà cosa aveva scritto sul suo profilo Facebook. E le altre compagne di scuola? E i giornali? Che foto avevano scelto? Non resistette. In pochi secondi lo schermo si riempí di notifiche. WhatsApp, sms, mail. L'ultimo messaggio era di sua madre.

– Cos'è *quello*?

Non poteva essere Gert, quello che le strappò di mano il telefonino e lo calpestò fino a ridurlo in briciole. Non poteva essere Gert, quello che le diede uno schiaffo, uno solo, ma forte, che la fece cadere a terra.

– Alzati. Prendi lo zaino. Adesso sanno. Stupida, stupida *mocciosa*.

Quel «mocciosa» le fece piú male della sberla.

– Mi hai colpita.

– Affermativo, te lo meriti. Hanno i satelliti. I satelliti controllano le comunicazioni. Hannes lo sapeva. Sapeva che si deve staccare il localizzatore per essere invisibili. Invisibili. *Alzati!*

Dora obbedí. Era cosí anche nei film. I poliziotti tracciavano i cellulari e beccavano il cattivo. Solo che adesso i cattivi erano loro. Si portò la mano sulla guancia arrossata. Avrebbe voluto dire a Gert quanto le dispiaceva. Che era stata un'ingenua. Ma non lo fece, perché Gert tirò fuori la pistola.

– Nessuno si deve fare del male, – protestò la ragazzina, spaventata. – È la Resistenza che lo dice, Gert.

– Negativo. C'è di peggio della morte. Molto peggio. Sai cosa mi ha detto Hannes quando gli ho sparato?

Dora si sentí mancare il terreno sotto i piedi.

– Mi ha ringraziato.

Hic sunt dracones

L'Alto Adige – come lo chiamano gli abitanti di madrelingua italiana usando la nomenclatura napoleonica, o Südtirol, appellativo usato dagli autoctoni di madrelingua tedesca – è popolato da caprioli, marmotte, faine, volpi, vipere e da qualche esemplare di lupo, per non parlare dell'infinita varietà di insetti, pesci di fiume o lacustri, uccelli che vanno dal passero al gallo cedrone fino alla regina del cielo: l'aquila reale. Esseri umani, pochi. Cinquecentomila abitanti su settemila chilometri quadrati di cime, ghiacciai e foreste. La geografia ama il mistero e il mistero prolifera dove l'essere umano è raro. Per questo in Alto Adige esistono luoghi che gli antichi geografi avrebbero descritto con le parole: *Hic sunt dracones*. Angoli in cui i cellulari sono zavorra e altri in cui le trasmissioni sono rese complicate dalla roccia che riverbera, scherma, infrange.

Dove ci sono i draghi, è la geografia a dettare le regole. Non l'uomo. Credere che ogni millimetro del pianeta sia controllato e controllabile è la piú claustrofobica e ingenua fra tutte le superstizioni del XXI secolo.

Fu questa la verità contro cui il capitano Orlandi andò a sbattere quando l'incaricato del nucleo scientifico gli portò la brutta notizia.

– Che significa che l'avete perso? – sbraitò.

– Un *plin*. Sette secondi. Poi il segnale è svanito. Le montagne…

Orlandi si fece di porpora. – Le montagne?

– È un po' complicato, ma...

Il capitano schiantò il pugno sulla scrivania. – Sparisca dalla mia vista.

Il tecnico lo lasciò in compagnia del maresciallo Fanti il quale, non meno incredulo del superiore, scuoteva la testa scrutando la mappa sulla scrivania dell'ufficio comando.

– Le montagne... – ripeté il capitano.

Il Pm Baldini, su indicazione di Orlandi, aveva fatto pressioni alla compagnia telefonica non appena i genitori della ragazzina avevano segnalato la sparizione dello smartphone di Dora. La compagnia telefonica aveva ribattuto che ci voleva del tempo, che c'erano delle procedure da rispettare e cosí il capitano aveva perso la possibilità di seguire Dora attraverso le celle di localizzazione e chiudere quella faccenda nel giro di un quarto d'ora. Naturalmente Orlandi sapeva che l'Arma aveva i suoi mezzi per aggirare le ritrosie delle società di telecomunicazioni, e si era rivolto al generale Leoni.

Leoni aveva fornito il giusto strumento, ma in ritardo, perché alle volte la forza della Macchina dimostrava di essere la sua piú grande debolezza. Gerarchie. Anche il generale aveva qualcuno sopra di lui e quel qualcuno, a Roma, aveva dei referenti fra i servizi segreti cui non piaceva che certi marchingegni venissero usati per faccende che non fossero la lotta al terrorismo o alla criminalità organizzata.

Quando infine l'attrezzatura era arrivata alla stazione di San Candido, per un puro colpo di fortuna il tecnico aveva iniziato a scandagliare l'etere nel momento in cui Dora aveva acceso il cellulare. Nessuno ebbe il tempo di gioire, però. Il *plin* di cui l'addetto aveva parlato al capitano Orlandi era durato sette secondi. Poi lo smartphone era svanito nel nulla, trasformando il sistema di intercettazione procurato con tanta fatica dal generale Leoni in niente piú che un costoso soprammobile.

E questa non era l'unica brutta notizia.

Il *plin* proveniva da una zona fra la Val Carbone, i duemilanovecento metri della Rocca dei Baranci, i duemilaottocento della Cima Piatta di mezzo e i milleseicento del rifugio *Tre Scarperi*, troppo lontano rispetto al nido della lince, e questo significava che Orlandi aveva inviato il grosso degli uomini nella zona sbagliata. Oppure, come aveva cercato di spiegare il tecnico delle intercettazioni prima che il capitano perdesse il controllo, il segnale proveniva solo *apparentemente* dalla zona indicata, per una questione di montagne e *dracones*.

– Chi c'è in questo quadrante?

Orlandi indicò sulla mappa la zona compresa fra la Val Carbone e il rifugio *Tre Scarperi*. Una ragnatela di sentieri, vie ferrate e strapiombi.

– Civili, per lo piú, – rispose il maresciallo Fanti, che aveva già dato una rapida occhiata alla lista delle assegnazioni. – Soccorso alpino e Freiwillige.

– Dei nostri?

– Pochi, capitano.

– Intanto mandiamo un elicottero.

– E poi?

Orlandi si sedette alla scrivania, si allentò la cravatta e sospirò. – Rifacciamo tutto daccapo.

– Questo è l'ultimo puntino del Gps? – chiese la Pellegrini.

– È anche dove il Renault ha fatto meno soste e l'unico luogo che comprende anche un edificio. Sa cos'è? – fece Martini indicando la costruzione dal tetto sfondato.

– Un maso.

– È uno dei pochi motivi per cui i miei genitori discutevano. Io sono altoatesino: mia madre era tedesca, mio padre italiano. Brave persone che se ne fregavano dei pregiudizi. L'unico motivo per cui battibeccavano era per i masi. Mia madre ci era nata e non poteva sopportare che mio padre si ostinasse a dirle che la parola «maso» deriva dal latino. Per lei era come se qualcuno dicesse che la pizza l'hanno inventata in Brasile.

Il maso diroccato doveva essere antico, a giudicare dai pietroni che facevano capolino là dove gli inverni avevano sbriciolato l'intonaco. Finestre piccole e senza infissi, porta divelta e lasciata a marcire fra l'erba alta. Dava l'impressione di essere una fortezza, non un'abitazione. E, in un certo senso, i masi erano proprio questo. Fortezze. Contro la fame, contro il freddo. Contro il mondo.

Alla Pellegrini non stupiva che un po' del sangue di chi aveva abitato in edifici del genere scorresse nelle vene di Martini.

– Come mai è in rovina? – domandò.

– Probabilmente la famiglia del *Bauer* si è estinta. Oppure i figli hanno deciso di trasferirsi altrove. Ha mai provato a falciare l'erba su un pendio come questo? Meglio lavorare in ufficio e godersi le montagne come un qualsiasi turista.

– Intendevo dire, come mai non è stata trasformata in albergo? La zona è incantevole.

Martini non rispose. All'improvviso tutta la sua concentrazione era rivolta all'entrata del maso, poco distante.

– Ci deve essere un animale morto lí dentro, – disse teso. – Sente l'odore?

– In realtà, – fece la donna, – no.

Solo il profumo dell'erba, la fragranza di resina degli alberi e un vago sentore di legna marcia e muffa, ma nient'altro.

La Pm vide il capitano allungare la mano verso la giacca, dove di solito gli ufficiali in borghese tenevano l'arma di ordinanza. Dopo un'esitazione, la mano si chiuse a pugno. Martini non aveva con sé la pistola.

– Recluta? – chiamò Viktor. – Tieni la dottoressa fuori di qui.

– Sissignore.

Viktor gli scoccò un'occhiata in tralice. – Hai la pistola? La voglio con la sicura. Ma tienila stretta.

Melan si guardò attorno, allarmato. – C'è bisogno di rinforzi?

– Controlla la porta e attento ai ratti, – fece Martini, quindi si avviò verso la fonte dell'odore.

– Ratti? – mormorò Melan.

La prima volta che Dora aveva visto un animale ferito aveva nove anni e con lei c'era suo padre. Era ottobre, periodo di castagne. Ricordava le raccomandazioni di sua madre (lascia che sia papà a prenderle, tu devi solo trovarle o finirai per pungerti) e quelle del padre (scuoti sempre prima le foglie intorno, possono esserci le zecche, poi usa la punta dello scarpone per farle uscire dal riccio, *moooolto* delicatamente). Ricordava la brezza autunnale piena di odori, l'eccitazione se fra i rami sbucava qualche scoiattolo e il piacere di vedere il cestino riempirsi di quelle delizie.

Quando avevano udito il fruscio suo padre le aveva fatto segno di avvicinarsi.

«Un cervo», aveva sussurrato.

Il palco di corna impressionante svettava fra le fronde. Dora non aveva mai osservato un cervo cosí da vicino perché, nonostante la mole, sono animali timidi. Il cervo si era fatto avanti, barcollando.

Sembrava che la testa gli pesasse troppo. Non riusciva a

tenerla ritta se non per qualche secondo. Dal naso e dalla bocca scendeva schiuma. Un po' della schiuma era rossa. Il cervo tremava, il respiro corto. Sulla coscia destra aveva una larga chiazza nera. L'animale la lambiva, provando inutilmente a scacciare il dolore. Quando lo faceva, dalle froge uscivano degli sbuffi infastiditi.

Il padre di Dora aveva imprecato a mezza voce, aveva afferrato la bambina e aveva iniziato a retrocedere, mentre, abbandonato il cestino con le castagne, prendeva il cellulare con la mano libera.

«Holler, – aveva detto, al telefono. – L'ho trovato. Il cervo. Quello ferito. Già».

Aveva dato le indicazioni e chiuso la comunicazione.

«Adesso ce ne torniamo a casa».

«Le castagne, papà».

«Lasciamole agli scoiattoli».

Il cervo stava morendo, aveva l'olfatto compromesso, ma la sua vista era ancora acuta. Aveva scorto l'uomo con la bambina stretta al petto e aveva emesso un verso a metà fra un ruggito e un piagnucolio.

Dora non era riuscita a trattenersi: «Papà?»

Al suono della sua voce il cervo aveva abbassato le corna, le punte erano aguzze come lance. Era un maschio bello grosso, in salute avrebbe potuto fargli parecchio male, forse addirittura ucciderli. Dora aveva sentito il padre irrigidirsi. I cervi sono timidi, ma possono diventare aggressivi. Tuttavia l'animale non aveva caricato, non ne aveva la forza. Si era accasciato a terra fissando la bambina con occhi disperati e cattivi insieme. Il padre di Dora ne aveva approfittato per dare le spalle alla bestia e ritrovare il sentiero. Poi giú, verso valle.

A metà strada padre e figlia avevano incrociato due uomini della guardia forestale. Imbracciavano fucili con il mirino e avevano salutato il padre di Dora chiamandolo per nome.

«È lassú?»

«Appena fuori dal tracciato».

Un cenno di congedo. Il rumore metallico del proiettile che finiva nella camera di scoppio.

«Perché hanno i fucili?»

«Perché il cervo… – Matthias Holler aveva faticato ad articolare una risposta. – Qualche bracconiere gli ha sparato, ma l'ha solo ferito. Quel… – si era bloccato prima di usare l'epiteto che gli era venuto in mente. – Non è stato neanche capace di finirlo. E adesso la povera bestia sta male e deve essere abbattuta. Si fa cosí con gli animali».

«Non possiamo portarlo in ospedale?»

«Sarebbe inutile, purtroppo. Ha il sangue avvelenato».

Quel giorno Dora aveva imparato una lezione, antica e terribile. La natura non era solo scoiattoli e castagne. Era anche morte e follia. Per questo quando mesi dopo aveva visto il gufo in gabbia aveva dato in escandescenze. Aveva pensato che sarebbe stato abbattuto.

Adesso, mentre Gert la fissava con lo stesso sguardo del cervo col sangue avvelenato, Dora pensò che suo padre non era lí con lei e provò nostalgia. Poi, quando Gert le si avvicinò, pensò che non c'erano nemmeno i due forestali con i loro grossi fucili e si sentí indifesa. Infine, Gert le tappò la bocca e Dora non pensò piú a nulla.

Martini lasciò che le pupille si abituassero al buio e mosse il primo passo. Aveva le labbra secche, la lingua incollata al palato. La luce che filtrava dalle finestre sfondate mostrava squarci di puro caos.

C'era di tutto sul pavimento. Escrementi, bottiglie, sedie sfondate, indumenti macchiati, resti di bivacchi improvvisati, confezioni di plastica, taniche abbandonate. Le mura che un tempo erano state braccia protettive per generazioni di *Bauer* erano coperte di muffa e ragnatele.

Suo malgrado, scrutando le grosse travi che sorreggevano il soffitto, il capitano si scoprí a cercare la presenza di ganci e ratti. Non ne vide. Perché quello non era Testaccio, si disse. Niente ratti, niente ganci. Solo un maso abbandonato in Val Pusteria. Eppure, in qualche modo, le vibrazioni che sentiva sottopelle erano le stesse che aveva provato quando era entrato nel magazzino di via Galvani, a Roma.

Avanzò di qualche passo. L'odore della carogna era piú forte, ma ancora Martini non riusciva a individuarne la provenienza. Alla sua destra c'era la *Stube*, alta quasi fino al soffitto e coperta di piastrelle. Una *Stube* costruita da artigiani che sapevano il fatto loro. Famiglie intere l'avevano amata, se ne erano prese cura, e la *Stube* aveva ricambiato l'affetto donando calore e buonumore. Adesso non era nemmeno piú un pezzo d'antiquariato: solo immondizia.

Qualcuno aveva acceso un fuoco a qualche metro di distanza, poco sotto una mensola in cirmolo, unica sopravvissuta alla devastazione. Un fuoco bello grande, giudicò il capitano. Legna, plastica e benzina. L'odore era inconfondibile, nonostante la puzza di carogna che impregnava il luogo. Chi aveva preparato quel falò aveva rischiato di incendiare sé stesso e metà della foresta.

Intorno al bivacco, mozziconi di sigaretta. Marlboro. Chesterfield. Tutto materiale da catalogare, fotografare. Scrivere. *Tic-tic-tic*.

Capire.

– Primo piano libero, – gridò. – Vado di sopra. Non entrate.

Senza attendere risposta, s'inerpicò lungo la scala di legno massiccio che lo portò al piano rialzato. Un corridoio angusto e tre porte, chiuse. Martini usò la torcia del cellulare per rischiarare l'oscurità. La luce era cruda, creava troppe ombre e a Viktor tornò in mente la voce di un uomo dal viso gentile, con occhiali da miope che gli chiedeva...

Con un calcio spalancò la prima porta.

La stanza matrimoniale del *Bauer*. Lerciume ovunque, ragnatele. Polvere. Martini sentí il cuore stringersi. I contadini non calcolano l'età di un maso in anni, lo fanno in generazioni. Contano i bambini. Era un peccato che quella stanza, in cui erano stati partoriti chissà quanti piccoli Simon o Marlene, fosse ridotta a una cloaca. A parte la tristezza quella stanza non conteneva nulla di utile.

Viktor passò oltre. Il corridoio gli parve ancora piú stretto. L'aria impregnata dell'odore della decomposizione, soffocante. Anche la seconda porta cedette subito. Il legno era marcio e i cardini arrugginiti. Stesso spettacolo della precedente, con la differenza che lí il tetto era crollato sotto il peso delle nevicate e sul pavimento si erano sedimentati strati di foglie portate dal vento. In un angolo una famiglia di topi aveva usato degli stracci, forse lenzuola abbandonate, per costruire un nido.

Topi, non ratti.

La terza porta è quella buona, pensò Martini, preparandosi a sfondarla.

Dora si risvegliò con qualcosa in bocca e cercò di sputarlo. Niente da fare, era imbavagliata. Si divincolò e scoprí di avere i polsi legati dietro la schiena. Provò a flettere le dita. Riusciva muoverle, ma le formicolavano. Si guardò attorno. Abeti, rocce coperte di muschio. Qualche insetto e i raggi del sole calante. La notte si stava avvicinando, sentiva già l'umidità nelle ossa.

Gert non c'era. Prima di andar via aveva svuotato il

suo zaino. Borracce, barrette al muesli, biscotti biologici, un paio di mele che aveva sottratto dalla dispensa di casa: tutto sparso a terra. Persino i vestiti di ricambio. Due magliette, due mutande, una tuta, quattro paia di calzini e un maglione pesante; di notte, in quota, fa freddo anche d'estate. Perché l'aveva fatto? Non aveva senso.

Dora abbandonò la testa contro il tronco dell'abete addosso al quale Gert l'aveva appoggiata. Le sfuggí un singhiozzo che a causa del bavaglio rischiò di farle andare di trasverso la saliva. Se non si fosse calmata avrebbe rischiato di soffocare. Pensò a Dian Fossey, in mezzo alla giungla, con i bracconieri che avevano messo una taglia sulla sua testa. Dian Fossey non si sarebbe fatta prendere dal panico. Avrebbe reagito, avrebbe trovato un modo per liberarsi e sarebbe scappata. Era la prima volta che lo pensava. Scappare da Gert.

Che sciocca era stata. Fuggire con uno sconosciuto. Uno sconosciuto che forse non sembrava matto come i serial killer dei film, ma che di certo non stava bene. No, per niente. Qualcosa le fece il solletico sotto la pianta del piede. Un bruco. Verde, peloso e decisamente carino. Dora lo scacciò cercando di non fargli male. Solo allora si accorse che Gert le aveva sfilato scarponi e calzini. I calzini erano appesi fra i rami di un cespuglio; gli scarponi, invece, per quanto si sforzasse di cercarli non li vedeva. Perché Gert l'aveva legata e le aveva tolto gli scarponi? Perché è un cervo malato, ha il sangue avvelenato, rispose una voce nella sua testa. Forse quella di Dian Fossey. Forse quella di suo padre. Forse quella di un'altra Dora.

Una Dora adulta, consapevole, combattiva. E spaventata. Perché Dian Fossey, alla fine, non era riuscita a sfuggire ai suoi aguzzini.

La Pellegrini si sbagliava. Nella terza e ultima stanza, piú ampia rispetto alle precedenti, Viktor trovò la carcassa di un cane rannicchiata accanto a ciò che restava di un armadio rovesciato. Un cane di grossa taglia, certo, ma era impossibile stabilire a quale razza appartenesse. Un povero bastardo che si era perso e che lí aveva trovato la morte. Un bastardo come lui. Cosí lo chiamavano a scuola, i bulli. Mezzo italiano e mezzo tedesco: bastardo.

Martini non aveva mai capito dove fosse l'insulto.

Ebbe la tentazione di rubare un telo alla famiglia di topi da distendere sulla carogna, ma il suo addestramento gli impedí di farlo. Imperativo principale: preservare la scena. Cristallizzare, come si diceva in gergo. Il cane non aveva piú occhi, il pelo brulicava di vermi, il tanfo era un passo oltre l'insopportabile, il ronzio delle mosche era snervante e Martini decise di andarsene.

A parte l'alone di malinconia e il fetore, quel maso non era poi cosí diverso dagli altri punti sulla mappa in cui il Renault aveva sostato. Eppure, scendendo le scale, Viktor si accorse che la sua mano cercava con insistenza la .45 ACP.

La vibrazione sotto pelle non smise di tormentarlo neppure quando sentí il calore del sole.

– Via la pistola, – ordinò al carabiniere scelto. – Come vai a stomaco, recluta?

Melan fece spallucce.

– Dopo il tizio con la testa aperta in due…

– Voglio che fotografi ogni centimetro. Tutto. Merda compresa. Prima ti sbrighi, prima finisci. Attento all'ultima stanza del piano rialzato. C'è un cane morto –. Un'esitazione. – Quando hai finito coprilo, per favore.

– Vuole che fotografi anche il cane?

– Ovvio. Prima fotografi, poi vomiti. Fuori, però, o il dottor Tamanin darà di matto. La dottoressa e io fingeremo di non vedere. Intesi?

Melan si affrettò a eseguire.

Viktor raggiunse la Pellegrini che stava scrutando i boschi attorno e ai piedi dell'edificio diroccato. Conifere che ondeggiavano nella brezza leggera della sera incombente, creando onde di un verde intenso.

– È incredibile come un paesaggio possa essere meraviglioso e terribile insieme, non crede, capitano?

– In un certo senso stavo pensando alla stessa cosa.

– Davvero?

– Tocca prenderla alla lontana, però.

– Lei non è uno da mezze misure, questo mi pare di averlo già capito.

Martini azzardò un sorriso.

– Ero una recluta come Melan e ancora non avevo deciso se fare l'accademia oppure no; di sicuro cercavo un po' d'azione. Siccome conosco il tedesco fui dislocato in Alto Adige, in Val d'Ultimo. Scomparve un bambino di sei anni. La nonna, una vecchietta che parlava un *dialokt* quasi impossibile da decifrare, mi disse che il nipote era stato rapito dalla Perchta. Sa cos'è?

– Temo di no.

– La Perchta, – spiegò Viktor, – è quella che i latini chiamerebbero *genius loci*. Un modo per descrivere la meraviglia e la paura che certi luoghi suscitano nelle persone.

– Che fine fece il bambino?

– Lo trovò un vigile del fuoco, spaventato ma illeso.

– Un vigile del fuoco?

– La nonna del bambino appiccò un incendio per distruggere la foresta e uccidere la Perchta prima che divorasse il nipote. A modo suo voleva salvarlo.

La dottoressa Pellegrini lasciò vagare lo sguardo su quell'oceano di tronchi, rami e foglie. Sembrava infinito. Soprattutto: vivo in una maniera feroce e minacciosa.

– Quindi per trovare Dora, – provò a scherzare la Pm, – dovremmo dare fuoco a tutto? Questo sta dicendo?

– Sto dicendo che per me la foresta in Val d'Ultimo era solo una foresta, per la nonna del bambino scomparso era la Perchta. Per lei questo maso è un albergo mancato, per me è il ricordo dei miei genitori che battibeccano, e per Melan un lavoro da sbrigare al piú presto. La domanda quindi è…

– … che cos'era questo posto per Hannes?

Novantanove metri e tredici centimetri

Il Tg delle otto aveva dato la notizia in diretta nazionale. Dora Holler scomparsa; le ricerche; il furgone crivellato di colpi; il cadavere; la possibile connessione. Il centralino del 112 fu intasato dalle chiamate di persone certe di aver visto la piccola e il suo rapitore. Per il momento nessuno conosceva le fattezze di Gert, perché la sua fotografia non era stata divulgata, per cui era facile scovare gli impostori. Un sensitivo sostenne di aver parlato con lo spirito della ragazzina. Era morta e giaceva sotto la superficie del lago di Braies. L'operatore, spazientito, assicurò al veggente che avrebbero subito fatto intervenire Terence Hill. Il suo superiore, che aveva ascoltato lo scambio di battute, lo sgridò, quindi esplose in una risata.

Alexander Holzer era stato il primo a essere trovato in possesso di armi ma, come previsto sia dal brigadiere Terlizzi che dal capitano Orlandi, non fu l'ultimo. Un posto di blocco a Moso aveva sequestrato tre fucili da caccia a un tale che si rifiutava di spiegare perché se ne andava a zonzo con quella santabarbara nel cassone della jeep; un tizio era stato fermato a Brunico con una doppietta legata al posto del passeggero, e un altro ancora era arrivato fin lí dalla Val di Fassa, in Trentino.

Il quinto idiota, ubriaco fradicio, prima di essere messo in condizioni di non nuocere, aveva puntato l'arma contro i carabinieri. Quindi Orlandi aveva diramato un comunicato a tutte le unità.

«Uso della forza in condizione di ingaggio, – aveva detto, – autorizzato».

Baldini l'aveva guardato sgranando gli occhi.

Orlandi aveva chiuso la comunicazione.

«Se qualcuno spara ai miei uomini, stia certo che sarà l'ultima cosa che farà prima di finire al cimitero. E non voglio obiezioni».

Non ce ne furono.

Il maresciallo Fanti infilò le chiavi nella serratura e pensò alla faccenda dei gerani alle finestre della stazione di San Candido. Il capitano Orlandi storceva il naso ogni volta che li vedeva, ma il maresciallo, usando tutto il *carabinierese* a sua disposizione, era stato abile a convincerlo che quei fiori erano «di importanza strategica nel contesto e nella logica di un sempre piú stretto rapporto fra Arma e popolazione», poiché i gerani davano all'edificio, altrimenti eccessivamente austero, un'idea di familiarità e apertura che avrebbe reso le persone piú propense ad avere proficui scambi di informazioni. Il capitano Orlandi aveva abbozzato e i gerani erano rimasti al loro posto. Fanti il grande mediatore. Con sua moglie sarebbe stato piú difficile.

Eleonora era una donna coriacea, che aveva cresciuto un figlio ribelle e domato generazioni di bambini alla scuola elementare di San Candido. Lo amava e conosceva i suoi limiti. Soprattutto, da qualche anno a questa parte, fisici. Fanti sapeva di avere qualche chilo di troppo e un po' troppi anni sulla carta d'identità per passare la notte fra boschi e burroni, ma la bambina e la madre… l'immagine della madre di Dora che rimpiccioliva ogni secondo che la figlia restava in compagnia di un pazzo non faceva che tormentarlo. Comunque sua moglie sapeva leggergli dentro, quindi era inutile mentirle: non lo aveva mai fatto e non avrebbe cominciato quel giorno. Però non avrebbe neppure mediato. La decisione era presa.

Dopo aver divorato la cena che Eleonora gli aveva tenuto in caldo, il maresciallo si liberò della divisa, fece una doccia veloce e indossò la tuta Op. Al maresciallo non piaceva. Piú che un carabiniere, lo faceva sembrare un Navy Seal. E lui non era tipo da sparare a qualsiasi cosa si muovesse. Eleonora, invece, diceva che lo faceva sembrare l'orso Yoghi, però piú losco.

Prima ancora che aprisse bocca, pronto a raccontare a sua moglie di Dora, della povera madre della bambina e del fatto che se non si fosse unito alle squadre di ricerca non sarebbe riuscito a guardarsi allo specchio per settimane, Eleonora gli infilò un Twix in tasca e gli scoccò un bacio a fior di labbra.

Fanti uscí sapendo di essere l'orso Yoghi piú fortunato della Terra.

Matthias Holler fissava il termometro appeso alla parete. Il freddo uccide, pensava. Anche in agosto, e molto piú di quanto si immagini. Colpa dell'altitudine. Non solo di notte. Spesso scalatori inesperti restavano bloccati nei cosiddetti camini, che altro non sono che spaccature della roccia, rischiando l'ipotermia anche in pieno giorno. La roccia era gelida e non consentiva ai raggi del sole di scaldare la carne. Cosí la carne iniziava a difendersi. Il sangue abbandonava gli arti, per concentrarsi sugli organi vitali. Un po' come gli alberi in autunno. Quando il sangue smetteva di irrorare il cervello, i pensieri si facevano confusi, il sonno prendeva il sopravvento. Se nessuno veniva a salvarti, ti aspettava una morte dolce e terribile. Se i soccorsi arrivavano troppo tardi, c'era il pericolo che ti amputassero parti di gambe o braccia. Tutta roba che per Madre Natura era sacrificabile. Dopotutto anche le foglie cadono, giusto?

Matthias passò dalla cucina alla stanza di Dora. La psichiatra dell'ospedale aveva convinto Elisabeth ad assumere delle gocce che l'avevano fatta addormentare. Matthias si era rifiutato. Voleva essere vigile, pronto all'azione. Era nel direttivo del soccorso alpino, e anche se capiva il perché, una parte di lui era infuriata con il capitano Orlandi e la Pm che l'avevano estromesso dalle ricerche.

Aprí l'armadio della figlia e controllò per l'ennesima volta. Dora aveva portato con sé gli abiti giusti. Non avrebbe passato la notte come in un albergo di lusso, ma non sarebbe morta congelata. Le sue mani non avrebbero preso quella tinta bluastra che precede il nero. I suoi denti non avrebbero sbattuto cosí forte da rischiare di tranciare la lingua. I piedi non sarebbero diventati inutili appendici a rischio cancrena. La sua mente, quella mente precoce che si preoccupava per gli orsi polari e per la maledetta lince della Val Fiscalina, non avrebbe cominciato ad avere visioni. Minestra calda, pensò. Quasi tutti gli escursionisti che nella sua carriera aveva salvato dall'ipotermia dicevano che a un certo punto ti sembra di sentire odore di minestra calda. A Dora la minestra non piaceva, neanche adesso che si era messa in testa di essere vegetariana. Magari avrebbe sentito odore di cioccolata calda. Non sarebbe successo. No. Dora aveva con sé gli abiti giusti. Era stata previdente. Matthias Holler lasciò la stanza da letto della figlia, sbirciò in quella matrimoniale per accertarsi che Elisabeth stesse ancora riposando (non si era svegliata, ma gemeva nel sonno), andò in cucina a preparare una cioccolata calda.

Quando si accorse di ciò che stava facendo scoppiò in lacrime.

Nel giro di mezz'ora Fanti, a bordo di un vecchio Defender pescato chissà dove, aveva raggiunto un'unità cinofila del soccorso. Gli uomini lo salutarono, chi con un cenno, chi con una stretta di mano. Bene o male li conosceva uno per uno.

Prepararono le torce, perché presto sarebbe stato buio pesto, e iniziarono a battere il territorio che Orlandi aveva affidato loro. Di tanto in tanto la radio gracchiava una segnalazione. Un altro tizio, verso le otto e trenta, era stato sorpreso con un fucile da caccia a tracolla. Un certo Plangger. Piú di una volta Fanti l'aveva beccato a guidare ubriaco. Non sapeva possedesse un'arma e di sicuro non aveva la licenza. Si chiese dove si fosse procurato il fucile. Quando la storia di Dora fosse finita avrebbe dovuto parlarne al capitano. C'erano troppe armi nascoste in giro.

Gli uomini del soccorso indossavano la pettorina catarifrangente, ma la paura di venire impallinati da qualche imbecille dal grilletto facile era nella mente di ognuno di loro. Soprattutto in quella del maresciallo. Molti dei suoi colleghi non erano mai stati sotto il fuoco ostile, come si diceva in gergo. Lui sí. Anni prima, quando ancora non era stato dislocato in Alto Adige e si trovava in Sardegna, all'antirapina. Ancora adesso aveva gli incubi. Il sibilo dei proiettili. Il tonfo che si udiva quando colpivano qualcosa.

Per questo, nell'intravedere i due uomini seduti, esausti, ai margini del sentiero – uno alto e con un berretto di lana in testa e uno piccoletto che beveva da una borraccia –, istintivamente avvicinò la mano alla fondina tattica della divisa Op.

– Documenti, – esclamò con voce cosí stentorea da farli sobbalzare entrambi.

I documenti erano in regola. Fanti andò dritto al punto.

– State cercando la bambina?

– Come tutti, maresciallo.

– Lo zaino, per favore.

Borracce, corda d'arrampicata e chiodi da scalatore. Moschettoni. Confezioni di Gatorade vuote. Pacchetti di sigarette. Qualche panino ancora incartato. Torce. Una cassetta del pronto soccorso. Maglioni di lana spessa. Vecchie cerate antipioggia dall'odore acre. Niente alcolici, armi o munizioni.

Fanti tornò a essere il grande mediatore.

– Se volete aiutare siete i benvenuti, ma dovreste scendere a San Candido, registrarvi alla stazione, e farvi inserire in un gruppo.

Quello alto si sfilò il berretto di lana, si grattò la fronte stempiata e con un sorriso mesto disse: – È da stamattina chc giriamo a vuoto. Stavamo pensando di mollare. Magari domani...

– Andate a registrarvi, okay?

– Magari domani la bambina sarà sana e salva.

– Speriamo.

Si congedarono con una stretta di mano.

Fanti ordinò alla squadra di riprendere la marcia e si accodò. Non voleva che lo vedessero addentare il Twix. Il cioccolato gli diede una sferzata di ottimismo. Eleonora sapeva sempre come tirargli su il morale.

Gert tornò quando la foresta si era ormai riempita dei suoni della notte. Sembrava allegro.

– Non ti metti a urlare, vero?

Dora scosse la testa. Anche volendo, non ne avrebbe avuto le energie. Gert le sfilò il bavaglio e le liberò le mani.

Dora afferrò i calzini e li infilò.

– Gli scarponi, – disse.

– Negativo. Non ti servono.

Provò a protestare, ma la fame ebbe il sopravvento. Divorò metà delle barrette e quasi svuotò la borraccia. Quando si fu rifocillata Gert le porse quelle che sembravano le calze che sua madre appendeva alla festa della Befana.

– I tuoi nuovi scarponi. Belli, no?

– Non sono scarponi, – ribatté Dora. – Sono magliette. Le mie magliette. Cucite. Non hanno suola.

– Negativo, negativo, – Gert rovesciò quegli strani calzari; in effetti una specie di suola ce l'avevano, fatta di corteccia e spago. – Posso?

Dora allungò le gambe. Gert le infilò prima il destro poi il sinistro.

– Alzati.

Lei obbedí.

– Affermativo. Ti stanno una meraviglia.

La ragazzina mosse qualche passo. – Rivoglio i miei scarponi.

– Ti darei i miei, ma sono troppo grandi, e ti farebbero venire le vesciche, – si giustificò Gert mortificato.

– Mi spieghi dove sei stato?

– Negativo. Affari della Resistenza.

– Anche io faccio parte della Resistenza, adesso.

Gert si sfregò le guance. Le unghie lasciavano segni rossi.

– È un livello dieci, – disse Gert.

– Che significa livello dieci?

– Non posso dirtelo.

– Perché?

– Perché solo le persone di livello nove possono sapere cos'è il livello dieci.

– E io a che livello sono?

Gert tornò a tormentarsi il viso. – Sette. Negativo. Cinque. Hai combinato un bel casino con il tuo cellulare.

– Solo cinque?

– Cinque e mezzo. Il prossimo obiettivo è sei –. Gert riempí lo zaino di Dora. – Andiamo?

– Con questi affari non posso camminare, Gert.

– Ce la farai.

– E ho freddo.

Gert si bloccò. Al freddo non aveva pensato. Si sfilò lo zaino e ne estrasse la giacca. Dora la indossò. Puzzava di sudore e le stava larga, ma era calda. Solo i piedi le facevano male. E, sospettava, mano a mano che avesse proseguito lungo il sentiero le avrebbero fatto ancora piú male.

– Cosa devo fare per arrivare al livello dieci, Gert?

– Salvare la lince.

Lo disse proprio ncll'attimo in cui la voce di Dian Fossey, o meglio, quella che ormai Dora pensava fosse la voce del suo idolo, esclamava: «Salvare Dora».

La ragazzina alzò gli occhi al cielo. La stella polare non mentiva. Stavano puntando decisamente a sud. Non c'era niente a sud. Solo rocce. Di certo non la lince. Il motivo per cui Gert aveva fatto sparire gli scarponi, pensò la ragazzina, era semplice: non voleva che lei se la svignasse, perché la stava portando chissà dove. Provò l'impulso di farlo subito, ma se lo impedí. Doveva aspettare il momento giusto. Nonostante i piedi già gelati e che avrebbero preso a sanguinare nel giro di un'ora. Soprattutto, le disse Dian Fossey, nonostante la pistola. Non doveva dimenticarsi della pistola.

– Umano e animale. Di quali specie, non posso dirlo con certezza. Ho inviato i campioni al laboratorio, servono analisi piú approfondite. Sul Renault, per per adesso, preferisco non sbilanciarmi, ho ancora molti rilievi da eseguire. La Bpa è un rompicapo, lí dentro. È un delirio di convergenze e punti d'origine che non combaciano fra loro, senza contare che i solventi utilizzati per pulire il mezzo non aiutano affatto. Sebbene…

Martini, Orlandi, la Pellegrini e Baldini, seduti su sgabelli raccattati negli scantinati della stazione, ascoltavano il dottor Tamanin in piedi e con la tuta anticontaminazione ancora addosso. Alle sue spalle il tabellone su cui aveva attaccato le fotografie della scena del crimine della zona Geiger, quelle del cadavere di Hannes Baumgartner, insieme a tabelle e grafici incomprensibili, una mappa e decine di post-it di diverso colore. I tre tecnici della sua squadra scientifica invece si tenevano in disparte, sbocconcellando i tramezzini portati dalla moglie di Orlandi. L'odore acre di reagenti chimici che permeava l'aria dell'hangar sembrava non aver intaccato il loro appetito.

– … sebbene la pulizia non sia stata accurata, lasciatemelo dire, – borbottò Tamanin. – Per di piú, nonostante nel Renault sia presente una mistura basica utilizzata normalmente per…

– E sulla scena del delitto in zona Geiger? – sbuffò spazientito il capitano Orlandi. – Ha qualcosa per noi?

– … dicevo, utilizzata normalmente per disinfettare il veicolo in caso di apertura accidentale dei reperti tossici, – terminò il dottore. – Sulla scena di zona Geiger passo la parola alla dottoressa De Carli.

La dottoressa De Carli, un donnone che non avrebbe sfigurato fra i membri del Gis – il gruppo di intervento speciale dei carabinieri, le cosiddette teste di cuoio –, si alzò e si avviò verso la mappa.

– Qui è dove è stato rinvenuto l'automezzo. Qui il cadavere. Sono novantanove metri e tredici centimetri. Le macchie di sangue indicano che il Baumgartner, dopo essere stato colpito allo stomaco, ha camminato per circa venti metri, poi ha proseguito in ginocchio e per gli ultimi trenta metri ha strisciato.

La dottoressa mostrò alcuni ingrandimenti del terreno erboso della zona, poi dei rami di pino mugo spezzati. Il suo dito tornò alla cartina e si spostò piú a sud. – In questo punto c'è un masso erratico. La distanza dal mezzo è di centoquarantanove metri.

– Avete delle fotografie? – chiese Orlandi.

La donna lo fissò scioccata. – Certo che le abbiamo, capitano.

Le foto circolarono. Al dottor Baldini o alla Pellegrini non dissero un granché, ma sia Martini che Orlandi sussultarono.

– Una posizione di tiro perfetta, – disse quest'ultimo.

– Infatti è da qui che sono partiti i quattro colpi Winchester. Chi ha sparato sapeva il fatto suo. Ha raccolto i bossoli e ha nascosto ogni traccia. Un lavoro accurato. E qui inizia il mistero. Vuole che prosegua, dottore?

– Non serve. La ringrazio, dottoressa.

Conclusa la relazione, la donna si accomodò fra i tecnici.

Tamanin riprese la parola.

– Sorgono ora alcune domande. Perché l'assassino ha lasciato che il Baumgartner percorresse novantanove metri e tredici centimetri prima di avvicinarsi e abbatterlo con la nove millimetri? Era ferito allo stomaco. La distanza fra un'impronta e un'altra è breve; era lento, e quasi subito è caduto in ginocchio. Non era piú semplice colpirlo dalla lunga distanza mentre stava cercando di raggiungere le piante?

– Un colpo facile, – commentò Martini.

– Invece, le tracce ci indicano che l'aggressore ha preferito aspettare che il Baumgartner finisse nella macchia del pino mugo, l'ha raggiunto e gli ha sparato con la nove millimetri. Dimenticandosi, per di piú, del bossolo. Inoltre, tenendo conto del punto di entrata e del punto di uscita del proiettile, si deduce che l'aggressore si è sdraiato accanto a lui, prima di colpirlo.

– Sdraiato? – fece la Pellegrini.

– Proprio cosí.

– Perché?

– Questo, – rispose Tamanin, – lo sa solo l'omicida.

– Mi faccia capire, – sbottò Orlandi. – Sparo quattro proiettili, colpisco il bersaglio, ma non lo uccido. Lascio che si faccia novantanove metri camminando e strisciando, lo raggiungo, mi ci sdraio accanto e lo finisco con la nove millimetri. Faccio sparire i .308 ma dimentico il bossolo della nove millimetri. Solo un pazzo potrebbe comportarsi in questa maniera, non siete d'accordo? E guarda caso, noi abbiamo un pazzo che in questo momento è in giro con una bambina di tredici anni.

– Abbiamo le impronte dello Schafer? – chiese il Pm Baldini.

Tamanin alzò le mani.

– Purtroppo non è schedato, la polizia austriaca ci ha promesso di farcele avere rilevandole dalla sua abitazione, ma ci vorrà del tempo. Di impronte nel Renault ce n'è una miriade, sia nell'abitacolo che nel retro, ma a parte quelle del Baumgartner, sono tutte di soggetti ignoti. I colleghi austriaci stanno prendendo le impronte dei dipendenti del parco-zoo e sono certo che qualcuno di loro spunterà fuori. Ma vuole sapere la mia opinione? Non serviranno a niente.

Fra i volontari serpeggiava un certo nervosismo. I cani, eccitati dagli odori della notte, continuavano a riempire la foresta di latrati. Ormai tutti sapevano che l'uomo che aveva rapito – o convinto a scappare di casa, ma faceva poca differenza – Dora era armato e pericoloso. Molti fra i Freiwillige continuavano a pensare alle proprie abitazioni. Non perché avessero nostalgia di mogli, mariti o figli. Ma perché lí parecchi di loro custodivano fucili da caccia regolarmente registrati e ben oliati. Averli con sé li avrebbe in qualche modo tranquillizzati. Invece avanzavano rigidi sulle gambe, sentendosi come se avessero un grosso bersaglio dipinto sulla schiena.

– Maresciallo?

– Lenz, dimmi...

– Un sorso?

Fanti tentennò, poi alzò le spalle. La grappa andò giú che era un piacere.

– Qualcuno qui, fra i ragazzi...

– Non voglio sentir parlare di armi, okay?

– No, – si schermí Lenz, – non è quello. Il fatto è che forse, a quest'ora, sarebbe il caso di cambiare i cani.

Fanti osservò la coppia di pastori tedeschi che trotterellava lungo il sentiero annusando ogni radice, cespuglio o pietra.

– Non sembrano stanchi.

– Stanchi? No, maresciallo. Noi pensavamo ai cani molecolari.

Fanti socchiuse gli occhi. La grappa non era stata una grande idea, lo stomaco gli si era chiuso in una morsa.

– Non stiamo cercando un cadavere, Lenz. Stiamo cercando una bambina. Viva. Chiaro?

Martini doveva averlo seguito. Il dottor Tamanin lo vide sbucare dal nulla proprio mentre usciva dal bagno.

– Permette due parole? – chiese Viktor.

– Qui?

– Nel mio ufficio.

Nell'ufficio scartoffie erano presenti Melan, che scattò sull'attenti, e la dottoressa Pellegrini, che beveva lentamente da una lattina di Coca-Cola. Entrambi sembravano distrutti.

– Ricorda la faccenda del Gps?

Tamanin occhieggiò la Pm.

– Faccenda che non è mai esistita, – lo rassicurò lei, sforzandosi di sorridere.

– Sí.

– Abbiamo fatto una gita e avremmo bisogno del suo aiuto.

– Per cosa?

Martini passò il tablet al dottore.

– Cosa sto vedendo?

– I luoghi in cui il Renault si è fermato.

– Perché le serve il mio aiuto?

– Voglio capire perché Hannes andava lí. Ho bisogno che lei e la sua squadra setacciate quei luoghi. Sedici, per l'esattezza.

Tamanin alzò lo sguardo dallo schermo. – Lei è pazzo, lo sa, capitano?

– Può farlo?

– Con una cinquantina di tecnici e una settimana di tempo, volentieri.

– E con i tre che ha a disposizione? Mi interessa soprattutto un maso diroccato, località Wieserhof. Mi occorrerebbe...

Tamanin appoggiò il tablet sulla scrivania. Guardò prima Melan, poi la Pellegrini.

– Dottoressa, lei è d'accordo con questa follia? Sa darmi una ragione, una soltanto, per cui dovrei distogliere i miei uomini dal loro lavoro e dirottarli su questo compito di cui non comprendo l'importanza?

– Hannes si fermava in quei luoghi, ma non ne aveva motivo. Ecco il perché della richiesta del capitano.

– Capitano Martini... – Tamanin batté le palpebre. – Lei è un bravo investigatore. Leoni la tiene in grande considerazione. Ha preso quel bastardo a Roma, e merita i miei complimenti. Mi rendo conto che la faccenda del processo sia una carognata. Capisco anche... tutto il resto. Però lei ha bisogno di riposo. Mi spiace, mi sta chiedendo qualcosa di impossibile, impossibile e... – Tamanin cercò la parola adatta, ma era troppo stanco per trovarne una gentile. – Stupido.

La dottoressa Pellegrini lasciò Martini subito dopo l'uscita di scena del dottor Tamanin. A passo svelto si diresse verso l'ufficio comando. Trasse un lungo respiro e bussò con delicatezza. Orlandi era solo, per fortuna. Piegato sulla cartina.

– Dottoressa...

La donna socchiuse la porta.

– Non sono qui in veste ufficiale.

– Allora io, – rispose Orlandi, diffidente, – non ho tempo da perdere.

– Sarò breve. Volevo scusarmi per la scenata alla macchinetta del caffè. Ho detto delle cose...

Orlandi la fermò con un gesto brusco della mano.

– Non ce ne è bisogno, capisco perfettamente. C'è altro?

– Volevo solo...

Un grido interruppe la conversazione.

Melan si precipitò verso la postazione radio da cui era arrivato il grido d'esultanza dell'operatore.

– Ripeto, – fece la voce di Fanti attraverso gli altoparlanti, in un sussurro. – Abbiamo una traccia. Stand-by.

Stand-by

I cani, con il pelo irto sulla schiena, puntavano verso un cumulo di massi protetto da un gigantesco abete che gli inverni avevano trasformato in una contorta quanto bizzarra tettoia. Fanti, dopo aver comunicato la situazione alla centrale, spense la radio e con il palmo della mano indicò agli uomini di abbassarsi e indietreggiare fra rovi, felci e abeti che costeggiavano quel tratto di sentiero erto e poco esposto alla vista. Steso a terra, si prese un momento per riflettere.

La squadra di soccorso piú vicina era a sette chilometri di distanza. Troppi. Tra l'altro si trattava di civili, inutili in simili frangenti. Se avesse richiesto l'intervento dell'elicottero, l'AB-412 sarebbe arrivato sul luogo in due, forse tre minuti, ma avrebbe fatto un rumore del diavolo, e se i cani non sbagliavano e fra quei massi si nascondeva il soggetto insieme alla bambina c'era il rischio di un conflitto a fuoco. L'ultima cosa che volevano era ritrovare Dora con un proiettile in testa. Soprattutto se di provenienza amica.

Fra la sua posizione e i massi c'era un largo spiazzo coperto da erba alta e fitta. Con un po' di fortuna avrebbe raggiunto l'obiettivo senza farsi vedere. O farsi sparare.

– Maresciallo?

Lenz, disobbedendo all'ordine, gli si era avvicinato. Se non altro si era sfilato la pettorina catarifrangente. La sua voce, quando parlò, era poco piú di un bisbiglio.

– Che facciamo, maresciallo?

– Zitto.

Lenz allora indicò gli abeti che circondavano lo spiazzo erboso; formavano una muraglia impenetrabile. Era evidente cosa stesse suggerendo il Freiwillige.

– Possiamo riuscirci, maresciallo.

Non era una brutta idea. Usare la foresta per aggirare il soggetto e coglierlo di sorpresa. Fanti, però, scosse la testa. Primo: quelli erano civili, privi di addestramento e con il sangue in ebollizione; bastava guardare in faccia Lenz per capire che non vedeva l'ora di menare le mani. Secondo: il tratto che separava la muraglia di abeti dal cumulo di massi era in salita. Questo avrebbe dato un vantaggio strategico al nemico. Se li avesse scoperti, sarebbe stato come sparare a pesci in un barile.

– Restate qui.

Lenz non protestò.

Fanti si fece il segno della croce, estrasse la Beretta dalla fondina, tolse la sicura e mise il colpo in canna.

– Se succede qualcosa, qualsiasi cosa, datevela a gambe. E solo quando sarete al sicuro riferite al comando. Intesi?

– Sí.

– Guardami negli occhi, Lenz. Non è un gioco.

– Promesso.

Il maresciallo iniziò a strisciare. Un centimetro alla volta.

Gert l'aveva imbavagliata di nuovo, e Dora non aveva neanche protestato. Aveva altro per la testa. Il dolore alla pianta del piede. Pulsava da morire. Ogni passo era stato uno strazio. Nel giro di pochissimo la suola delle scarpe improvvisate aveva ceduto. La destra in pratica si era disintegrata, e una pietra le aveva procurato un taglio profondo sotto la pianta del piede. Con un grido, Dora era inciampata, sbucciandosi le mani nel tentativo di frenare la caduta. Gert l'aveva pulita e bendata alla bell'e meglio, l'aveva sollevata di peso e se l'era caricata in spalla. Gert era magrolino, ma forte. L'aveva trasportata per un lungo tratto, sempre in direzione sud. Lontani dalla lince. Lontani da tutto. Arrivati ai massi, ansimando l'aveva adagiata sul muschio e aveva controllato la ferita al piede. Come riuscisse a vedere con quel buio era un mistero.

– Non si è infettata. Stai bene.

– E tu come lo sai? Sei un medico?

– Abbassa la voce.

– Altrimenti?

Gert sorrise.

– Mio padre mi ha insegnato un sacco di cose.

– Anche il mio.

C'era una nota di sfida nelle parole di Dora. Gert dovette accorgersene, perché cambiò espressione e le legò le mani dietro la schiena. Poi di nuovo il bavaglio disgustoso in bocca.

– È solo una precauzione, – disse Gert. – So che capirai. Ma non adesso, adesso...

Ancora una volta non terminò la frase. Ormai era prassi. Da ore Gert non faceva che borbottare fra sé e sé. Si interrompeva, fiutava l'aria come un animale, poi ricominciava a cianciare della Resistenza che aveva predisposto un luogo sicuro per loro e che dovevano raggiungere alla *massima*, *massima* velocità. Quindi passava a parlare di suo padre e di come gli avesse insegnato *tutto*, *tutto*, sulla foresta e sulle montagne. Quando Gert voleva che Dora capisse l'importanza di un concetto ripeteva le parole. Era davvero snervante starlo a sentire.

Ogni tanto Gert cantava.

Erano i momenti peggiori. Le facevano salire il magone. Era spaventoso sentirlo scandire canzoncine infantili, sorridendo e piangendo al tempo stesso. Altre volte stilava elenchi. Mezzi militari e armi. Battaglie e guerre. Nomi di animali e piante. Ragni, soprattutto. A Dora facevano schifo. E, supponeva, né Dian Fossey né Greta Thunberg li avrebbero messi in cima alle loro preferenze –, ma se in quel momento una vedova nera avesse pizzicato il collo di Gert lasciandolo stecchito, Dora l'avrebbe eletta a sua migliore amica. Solo che in Alto Adige non ce n'erano.

Comunque, meglio pensare alle vedove nere piuttosto che farsi prendere dallo sconforto, perché altrimenti non sarebbe riuscita a cogliere l'attimo. Nonostante la ferita al piede e la paura che cresceva di minuto in minuto, Dora aveva deciso che doveva scappare. Perché Gert era pazzo, completamente pazzo.

Sua madre le aveva proibito di usare quella parola. Non esistevano i pazzi, le aveva spiegato, esistevano persone afflitte da patologie mentali che le facevano soffrire. Pazzo era una brutta parola. D'accordo, okay. Era evidente che Gert stava soffrendo. Ma la sostanza non cambiava. Gert era pazzo. E pericoloso.

Perché le aveva detto di aver ucciso Hannes. Perché aveva una pistola. Perché cianciava di cose «peggiori della morte», di occhi nel buio e mani pronte a ghermirti.

Per non parlare di quando si fermava, si copriva le orecchie e malediva tamburi che solo lui sentiva. E perché, si accorse mentre Gert spariva nella notte, la giacca che le aveva fatto indossare aveva la manica imbrattata di qualcosa che, alla luce fioca della notte, sembrava sangue rappreso. Dora alzò gli occhi al cielo, inspirando forte con le narici. Non doveva vomitare o sarebbe morta soffocata.

Doveva restare *caaaalma*. Ci mise piú del previsto a chetare il respiro e a reprimere i conati di disgusto che le salivano dallo stomaco, ma ci riuscí. A tentoni cercò, sul masso contro cui Gert l'aveva appoggiata, uno spigolo appuntito per segare la corda che le stringeva i polsi. Lo trovò e iniziò a sfregare.

Il maresciallo Fanti era in un bagno di sudore. La Beretta sembrava pesare una tonnellata. Gli occhi, a forza di cercare presenza di vita e movimenti improvvisi, gli lacrimavano. Il suo istinto lo implorava di tornare indietro, avvertire il posto comando e far intervenire l'elicottero. Metterlo a tacere era faticoso quanto strisciare nell'erba alta. Arrivato a meno di tre metri dai massi, dove le frasche non gli avrebbero concesso alcun riparo, l'immagine dell'AB-412 che piombava dall'alto col suo carico di colleghi armati pronti a far fuoco non gli sembrava piú un'idea tatticamente sbagliata, ma addirittura geniale. Però c'era la faccenda della bambina. E della donna che diventava piú piccola ogni minuto che passava lontana dalla figlia. Se Dora fosse stata colpita, da fuoco ostile o amico non aveva importanza, la donna sarebbe svanita. E lui non sarebbe mai piú riuscito guardare in faccia sua moglie o suo figlio senza vergognarsi. Perché sarebbe stata colpa sua.

Attese che il battito del cuore rallentasse, trattenne il respiro e portò la pistola in posizione di tiro. Fin troppo consapevole di essere un bersaglio, si alzò e percorse i tre metri che lo separavano dai massi quasi volando. Appoggiò la schiena al macigno piú grande, in ascolto. Le fronde dell'abete. Il richiamo di un gufo, lontano.

Tonfi. Gert? Dora? O semplici rumori notturni? Una faina o magari una marmotta?

Riprese fiato, raccolse il coraggio e sbirciò alla sua destra, contando fino a tre. Il tempo necessario per vedere cosa lo aspettava dietro il macigno senza finire impallinato. Il tronco dell'abete. Muschio. Altre pietre. Tenendo la Beretta parallela al viso con la canna rivolta verso l'alto e il dito lontano dal grilletto, si sporse alla sua sinistra. Sempre tre secondi, e un risultato se possibile peggiore. Si deterse il sudore, si accucciò. A sinistra la vista era ostruita quasi per intero dai rami dell'abete che scendevano fino al terreno. Quindi, destra.

Beretta puntata. Un passo, consapevole del rumore degli anfibi sul pietrisco. Il secondo e il terzo passo li fece con l'agilità di una ballerina e la velocità di uno scattista.

Dietro il tronco dell'abete poté respirare di nuovo. La buona notizia era che nessuno gli aveva ancora sparato. La cattiva era che gli era parso, nel corso di quella danza improvvisata, di aver scorto qualcosa. Una specie di fessura coperta dalle felci.

Capitava che i massi erratici addossati gli uni agli altri formassero nicchie che gli animali selvatici usavano per costruire le tane. A Fanti scappò quasi da ridere. E sei cani avessero fiutato la tana di una volpe? Tanta paura per una volpe. La sua ilarità era dettata dal nervosismo. Quei cani delle volpi se ne fregavano. A loro interessava solo l'odore che gli era stato ordinato di cercare.

Il maresciallo Fanti sporse la testa quanto bastava per osservare la cavità. Poteva starci una bambina lí dentro? Una bambina, si rispose, e anche un uomo adulto. Il terreno era argilloso, il peso dei massi, le piogge, le nevicate e le radici dell'abete avevano fatto il resto: la nicchia era bella grande.

Fanti prese la torcia elettrica e la posizionò accanto alla canna della Beretta, incrociando i polsi. L'indice della mano destra sul grilletto della pistola, il pollice della sinistra sul tasto d'accensione della torcia. Uscí dal riparo.

Se fosse stato fortunato, pensò avanzando, li avrebbe trovati addormentati. Il flash della torcia li avrebbe svegliati, ma il soggetto non avrebbe avuto modo di reagire. Non con la Beretta pronta a far fuoco puntata alla testa.

Fanti socchiuse le palpebre, preparandosi al lampo della torcia elettrica. Avanzò. E iniziò urlare.

Lenz era entrato per la prima volta nella sede dei Freiwillige di Sesto Pusteria quando aveva l'età di Dora. In gita con la professoressa di scienze. Conosceva il posto perché anche suo padre e suo nonno avevano fatto parte del corpo. A quattordici anni già partecipava ai campeggi che i Freiwillige organizzavano e in cui, fra uno scherzo e una camminata, si imparavano i rudimenti del mestiere. Come steccare una gamba rotta, come riconoscere un fungo velenoso, come intervenire in caso di ustione. A diciotto anni aveva indossato la divisa. Da allora aveva cambiato fidanzate, due mogli, tre macchine e due lavori, ma non aveva mai rinunciato ai Freiwillige. Perché quando Micaela se ne era andata con quel tizio di Appiano erano stati i compagni dei Freiwillige e fargli prendere una sbronza colossale e a fare in modo che non avesse un attimo libero per rendersi conto di quanto fosse vuota la casa senza di lei. Quando era stato lui a lasciare la seconda moglie, Erika, chi c'era a dargli manforte? Sempre loro.

I Freiwillige erano una famiglia e, sebbene Fanti non fosse mai stato dei loro (al contrario del brigadiere Terlizzi), quando Lenz lo udí gridare l'istinto di gettarsi in aiuto di un compagno ebbe la meglio sugli ordini che il maresciallo aveva impartito. Si alzò di scatto, la radio mobile nella mano destra e un coltello da sopravvivenza nella sinistra. Perché sí, le disposizioni erano state chiare, niente armi, ma lui il suo coltellaccio lo portava pure a messa.

– Chiediamo soccorso medico urgente, – sbraitò alla radio. – Settore T6, ripeto: settore T6.

– Che sta succedendo, Lenz?

Lenz non rispose, gli occhi puntati sui massi erratici. Dietro di lui sentí uno dei cani abbaiare. Sorrise. Istinto Freiwillige, anche Markus e Alex avevano abbandonato le postazioni e stavano correndo alle sue spalle.

– Niente colpi d'arma da fuoco, ma Fanti sta urlando. Serve soccorso...

– Che diavolo sta succedendo?

Lenz non ripose.

Superò con agilità i massi e per un pelo non andò a schiantarsi contro il maresciallo.

Fanti, cinereo, gli puntava la Beretta contro.

– Ehi, maresciallo...

Il carabiniere non rispose.

– Maresciallo? Sono Lenz.

Il Freiwillige fece sparire il coltello. Allungò la mano e spostò la bocca di fuoco della Beretta verso terra.

– Maresciallo?

– Non... – balbettò quello. – Non le sento piú.

Lenz vide la trappola in cui il maresciallo era finito e lanciò un grido di avvertimento.

– Markus, Alex, immobili.

– Che succede?

– Ferita multipla alle gambe. Trappole. Quel maledetto ha piazzato delle trappole. Occhio ai cani.

Sentí Markus riferire alla centrale operativa le sue parole, quindi si tolse lo zaino e sfilò la pistola dalle mani di Fanti.

– Questa la tengo io, va bene?

– Sei Lenz?

Fanti stava perdendo troppo sangue.

– No, sono la Fata Turchina.

Fanti sputò una risata. Buon segno. Lenz inserí la sicura e appoggiò la pistola a terra. Spostò il fascio della torcia tutto intorno. Non vide altri pericoli, ma non significava che non ce ne fossero. Era come ai tempi del Bas, i terroristi indipendentisti. Piazzavano il tritolo per far saltare i tralicci, poi un secondo ordigno per falciare chi accorreva. Di solito carabinieri. In ogni caso non aveva tempo per un esame approfondito della zona.

La trappola che il soggetto, come i carabinieri chiamavano Gert, aveva costruito ricordava le ganasce di un insetto. Il funzionamento era semplice. Un piccolo cavo teso in cui il maresciallo era inciampato aveva fatto scattare due rami con punte acuminate come lance che si erano piantati nelle cosce di Fanti.

– Ti è andata bene, maresciallo. L'arteria femorale non è stata toccata.

Forse.

Fanti abbassò la testa, vide la ferita e iniziò ad agitarsi.

– Non cosí, maresciallo. Non cosí.

Fanti cercava di sollevare le gambe, e questo non faceva che smuovere le punte dei bastoni nelle ferite, provocando un aumento della perdita di sangue.

– Va bene, – Lenz, aprí la cassetta del pronto soccorso e con mano esperta trovò la siringa monouso, già carica. – Hai qualcosa contro le droghe, maresciallo?

Fanti farfugliò una serie di numeri senza senso. Codice penale. Spaccio, detenzione…

Lenz chiamò Markus.

– Tienilo fermo, adesso va a nanna.

Lenz piantò l'ago della siringa nella gamba del maresciallo, stantuffò e la ketamina fece il resto. Fanti divenne un peso morto. Lenz, con il coltello, tagliò i rami, senza estrarli, permettendo a Markus di adagiare sul terreno il maresciallo.

– È conciato male.

Lenz strappò la radio al maresciallo, l'accese e iniziò bestemmiare in italiano e in tedesco, per essere piú chiaro.

– Volete mandare l'elicottero o no?

In meno di due minuti i tonfi sordi dell'AB-412 cominciarono a percuotere l'aria.

– Resta con lui. Voglio vedere una cosa, – disse Lenz accucciandosi verso la fessura fra i massi.

– Elicotteri, elicotteri, elicotteri.

Lo aveva detto tre volte, quindi, pensò Dora, Gert doveva essere parecchio turbato. Eppure le sembrava stesse sorridendo, mentre la liberava.

– Dove sei stato?

– Missione segreta.

– Hai fatto male a qualcuno?

Dora aveva sentito un grido ovattato provenire dal fondovalle.

– La morte non è la cosa peggiore.

Dora sentí un brivido.

– Hai ucciso qualcuno?

Gert fremette, indeciso. I tamburi erano spariti, tuttavia non sapeva cosa rispondere alla ragazzina, che ripeté la sua domanda a voce troppo alta.

Gert si portò l'indice alla bocca. – Non urlare. Ci sentiranno. La lince...

– Hai ucciso qualcuno? Dimmelo.

– Negativo. Livello dieci.

Dora gli si gettò contro, colpendolo con quanta forza aveva. Gert, preso alla sprovvista, caracollò e cadde riverso al suolo, battendo la testa. Per un attimo la vista gli si offuscò. Quando riuscí a rialzarsi, Dora era svanita. Gert sgranò gli occhi.

– Stupido. Stupido. Stupido.
E partí alla sua ricerca. Furioso.

– *Cosa ha fatto?* – Orlandi era su tutte le furie.

– Ha costruito una specie di tagliola. Il maresciallo Fanti ha entrambe le gambe ferite. Da un primo esame del medico a bordo dell'elicottero, avrà bisogno di trasfusioni e parecchia riabilitazione. Ma non è in pericolo di vita.

Nella sala radio ci fu un mormorio di sollievo.

– Come è possibile che sia finito in quella trappola?

– Il Freiwillige presente al fatto, – continuò l'operatore radio che si era precipitato a dare la notizia al capitano, – ha riferito che il soggetto ha usato uno scarpone della bambina per trarre in inganno i cani e il maresciallo…

Orlandi diede ordine di tornare alle normali mansioni. Rimasto solo si controllò allo specchio del piccolo bagno dell'ufficio comando. Aveva una faccia da schifo e pensò che avrebbe dovuto radersi. Ma non c'era tempo. Quando si voltò vide che Martini si era seduto alla scrivania e lo stava fissando.

– Ho bussato, – disse. – Ma lei non ha sentito.

– Che vuole, capitano?

Martini gettò sulla scrivania un fascicolo.

– La trappola. Gert ha imparato a costruirla dal padre, un survivalista, dieci anni nell'esercito, nei corpi speciali, buttato fuori a calci per rissa e ubriachezza. In effetti ci è morto, per colpa dell'alcol. Se lei avesse letto il dossier, forse Fanti…

– Mi sta accusando?

– Solo di non aver prestato la dovuta attenzione a…

– Ho un lavoro da fare, capitano. È congedato.

Martini fece per dire qualcosa, poi scosse la testa e sparí. Orlandi si calcò il cappello sulla testa e si aggiustò la cravatta. Avrebbe potuto telefonare o demandare quel compito ad altri, ma non se la sentiva. Si sarebbe presentato di persona. Sarebbe andato dalla moglie di Fanti a spiegarle che il marito, eseguendo un suo ordine, per poco non ci aveva rimesso la pelle.

La ragazza-bruco, come ogni ragazza-bruco, vedeva nell'ora di educazione fisica la somma di tutti i mali dell'universo. Primo: si doveva sudare. Il sudore puzzava, rendeva paonazzi, scarmigliava i capelli. Secondo: bisognava mettersi «comodi», come dicevano gli insegnanti. Comodi significava subire gli sguardi delle varie Elisa o Katrin o Susanne con le loro gambe lunghe e leggiadre e i corpi già adulti (e che agli occhi delle ragazze-bruco non avrebbero sfigurato sulle copertine delle riviste di moda). Terzo: era tempo buttato. Perché fare i cento metri ostacoli o sforzarsi di superare il maledetto Test di Cooper quando con una bicicletta si aveva in mano il mondo?

Se l'insegnante di educazione fisica di Dora l'avesse vista filare via nella notte, con il piede che le inviava vampate di dolore ogni volta che si appoggiava sul terreno, avrebbe pensato a un'allucinazione. Perché Dora corse, eccome se corse. Come mai nella vita.

La sua reazione con Gert era stata istintiva. L'aveva colpito perché l'urlo che le era giunto alle orecchie, trasportato dal vento, proveniva da qualcuno che stava cercando lei. Era ovvio, no? E questo l'aveva mandata su tutte le furie. Lei non voleva fare del male a nessuno. Al contrario. Perché, se il pianeta moriva, se i ghiacciai si scioglievano e la desertificazione avanzava, oltre agli animali sarebbero morte anche un sacco di persone. Brave persone come suo padre, che passava le giornate a salvare gli altri. O come l'uomo (perché era stato il grido di un uomo, ne era certa) che, in piena notte, stava percorrendo i boschi a causa sua. Dora aveva caricato spinta da una rabbia che non sapeva di possedere. Gert aveva battuto la nuca e strabuzzato gli occhi. E Dora era partita giú per il sentiero. Veloce come il vento.

Aveva i polmoni in fiamme, il piede che le urlava di fermarsi, ma non si sarebbe mai fermata, perché in un tratto del sentiero che i rami delle conifere avevano lasciato libero aveva visto due puntini, molto piú a valle. Torce elettriche. Salvezza.

Annaspò cercando di urlare per richiamare l'attenzione, ma era a corto di fiato, cosí non le uscí che un rantolo. Il rantolo grattò bocca, gola e polmoni, e la costrinse a una sosta, per prepararsi a lanciare un grido in direzione dei due soccorritori. La sua restò solo un'idea, perché Gert la raggiunse, le tappò la bocca e le puntò qualcosa di duro e freddo alla tempia.

– Negativo, Dora.

Dora provò a divincolarsi.

Gert spinse con piú forza la pistola contro la testa della ragazzina. Le fece male. Voleva farle male. Dora doveva capire. Doveva assolutamente capire che lui la stava proteggendo. E che l'avrebbe protetta a costo della vita. Di entrambi.

– C'è di peggio della morte, Dora.

La ragazza-bruco piange

I due uomini spensero il Motorola per risparmiare le batterie e si sfilarono l'auricolare, uno ciascuno, da bravi fratelli, anche se fratelli non erano. Il loro era uno strano rapporto fatto di complicità, segreti e battute al vetriolo. Non erano uomini da chiedersi il perché delle proprie azioni, agivano e basta. Erano compagni di caccia da anni.

– Secondo me è lui.

– Lui chi? – fece Alto, togliendosi il cappello di lana.

– Quello che ci ha fermato. Il maresciallo.

– Magari l'ha fatto fuori.

– Chi può dirlo?

Alto estrasse una busta di tabacco, un paio di cartine e iniziò a rollare una sigaretta. Basso si concesse una Marlboro. Entrambi erano forti fumatori, ma se si trovavano sulle tracce di una preda si astenevano dal loro vizio preferito, perché gli animali hanno un fiuto pazzesco. Stavolta, però, non inseguivano un animale come gli altri, cercavano Gert, e la caccia all'uomo, per quanto piú faticosa, aveva almeno quel lato positivo. Ci si poteva concedere una sigaretta ogni tanto.

Se al momento del loro incontro il maresciallo Fanti fosse stato piú sospettoso e avesse dato un'occhiata fra gli alberi poco distanti, avrebbe trovato due carabine di precisione nascoste tra le frasche, con tanto di munizioni. I due, che erano bracconieri da una vita, conoscevano un bel po' di trucchi per far sparire armi e prede. Non erano mai stati beccati in flagrante. Erano i migliori. Lo sapevano tutte le macellerie e i ristoranti che pagavano in contanti e senza troppe domande. Cacciavano ogni tipo di preda, soprattutto cervi, daini e camosci, le cui carni valevano di piú. Non praticavano l'uccellagione perché era noiosa, ma sapevano costruire trappole a occhi bendati.

– Poteva ammazzarlo, – fece Alto, dopo aver acceso la sigaretta e dato la prima boccata.

– Magari l'ha fatto, no?

– Mi stava simpatico, il tizio.

– Rischi del mestiere, – fu la risposta di Basso, che invece era già arrivato a metà della sigaretta industriale.

– Secondo te cos'ha usato?

– Ganasce. Hanno parlato di gambe ad altezza cosce.

Alto lasciò andare un fischio di ammirazione.

– Un gran figlio di buona donna, non ti pare?

– Credo solo che i carabinieri stiano facendo troppo rumore. Lo senti?

– L'elicottero?

– Non sono... – Basso sputò un bolo di catarro. – Professionali.

Per i due bracconieri la caccia era qualcosa di sacro, che seguiva regole precise.

– La ragazzina lo starà rallentando, no?

Basso annuí.

Quando i due bracconieri avevano individuato le tracce dei fuggitivi e le avevano seguite, si erano resi conto che a un certo punto quelle della ragazzina erano scomparse. Questo gli aveva fatto perdere del tempo. Che il pazzo l'avesse uccisa? Ci avevano pensato, ma non avevano trovato il cadavere, cosí, dopo una piú attenta analisi delle impronte, avevano capito che l'uomo la stava trasportando. I segni degli scarponi erano piú profondi. Forse Dora aveva cercato di fuggire, lui l'aveva legata e se l'era caricata in spalla; oppure la ragazzina si era fatta male, una storta magari. Poi, quando avevano sentito il rotore del 412 sul versante della montagna dirimpetto al loro e si erano sintonizzati sulle frequenze dei Freiwillige (quelle dei carabinieri erano criptate, quelle dei volontari no) avevano realizzato: Gert era un figlio di buona donna parecchio astuto.

Aveva usato gli scarponi della ragazzina per depistare i cani e predisporre la trappola a ganascia.

– Adesso però lei è scalza.

– E la pausa è finita.

Carabine in spalla, ripresero la marcia.

La troupe della tv aveva già informato la moglie di Fanti. Come i due bracconieri, anche i media si erano sintonizzati sulle frequenze dei volontari. Scoprire il nome del ferito e il suo domicilio era stato un gioco da ragazzi.

Avevano bussato e, quando la donna, in vestaglia e con la faccia di chi è stato strappato a un sonno guadagnato a fatica, aveva fatto capolino dalla porta, le avevano puntato l'obiettivo addosso chiedendole quale fosse il suo stato d'animo.

«Per cosa?»

«Per ciò che è capitato a suo marito, l'eroico maresciallo Fanti».

Come tutte le mogli di tutori dell'ordine, anche la signora Fanti odiava quella parola: eroe. Se qualcuno dava dell'eroe a un uomo in divisa significava che questi era morto o in procinto di esserlo. Aveva sbattuto la porta senza rispondere, ma l'espressione del suo viso, un urlo silenzioso, era già nella memoria di silicio della telecamera.

Quando Orlandi schivò il microfono per entrare nell'abitazione del maresciallo, trovò la donna in lacrime. Cercò di rincuorarla meglio che poteva, spiegandole che il marito, sebbene grave, non era in pericolo di vita. Eleonora continuava a piangere e Orlandi, vedendola in quello stato, frenò l'istinto di ordinare ai suoi uomini di arrestare i maledetti sciacalli che assediavano la casa e assicurò alla moglie di Fanti che una delle due auto con cui era arrivato sarebbe rimasta a sua disposizione nel caso avesse voluto raggiungere il marito all'ospedale San Maurizio di Bolzano.

– È cosciente?

– Lo stanno operando.

– Allora usi la macchina per ritrovare la ragazzina.

Orlandi annuí.

Fuori della porta c'era la telecamera ad attenderlo.

– Come sta il maresciallo Fanti, capitano?

– Il maresciallo è in condizioni critiche, ma stabili. Al momento è tutto ciò che...

– La presenza del capitano Martini è casuale?

Orlandi si irrigidí.

– Non la seguo, mi dispiace.

La giornalista non cedette di un centimetro, nonostante l'autista di Orlandi cercasse, in modo gentile ma deciso, di spostarla.

– La presenza del capitano Martini, – insisté la giornalista, – l'uomo che ha fermato lo Squartatore di Testaccio, è casuale o si tratta di...

– Nessun commento.

– ... una forma di precauzione nel caso Dora Holler non sia l'unica vittima di questa...

Orlandi avvampò. – Dora Holler è attualmente dispersa.

– Ma lei pensa che...

– È viva, capisce? Viva.

Lo disse con tale ferocia che la giornalista addirittura arretrò. L'autista del capitano fu veloce ad approfittarne per frapporsi tra lei e il superiore che, a passo lesto, raggiunse il Defender.

Melan e la dottoressa Pellegrini erano seduti sulla panchina della zona fumatori della stazione di San Candido, ognuno perso nei propri pensieri. Fu lei a rompere il silenzio.

– Che sta facendo? – chiese, riferendosi a Martini.

Melan mimò il gesto di chi batte sui tasti di un computer.

– Perché?

Il carabiniere scelto alzò le spalle.

– Lui fa cosí.

– Ma perché ti ha chiesto tutta quella carta?

Era la terza volta che la Pm gli poneva la stessa domanda. Per la terza volta Melan rispose con le stesse parole.

– È arrivata una mail, dal comando, credo...

– ... *credi* o ne sei sicuro?

– C'era il logo del comando.

– Stavi sbirciando?

– Ero seduto in direzione del monitor, dottoressa.

– E lui?

– Ha fatto un'espressione tipo... un cane a cui hai appena lanciato un osso.

– E ti ha mandato a prendere la carta.

– Tre pacchi, per la stampante. Ha detto che su schermo si legge con meno attenzione.

La Pellegrini si alzò. Melan le aveva procurato la giacca di una divisa operativa da mettersi sulle spalle. La temperatura era bassa e l'umidità della notte entrava nelle ossa.

– Posso parlarle liberamente, dottoressa?

– Prego.

– Secondo me il capitano farebbe bene a farsi una bella dormita. Lo so, è una specie di eroe, ha preso lo Squartatore e Dio solo sa cosa ha passato, ma... – Melan abbassò gli occhi a terra. – Secondo me non ci sta con la testa.

– Lo dicono in molti.

– E lei ci crede?

La Pellegrini non rispose. Cominciò a passeggiare avanti e indietro lungo il perimetro della zona fumatori, stringendosi nella giacca e maledicendo il mondo.

Verso l'alba Dora si era assopita. Gert l'aveva sentita prima smettere di dibattersi, poi calmare il respiro, quindi diventare piú agevole da trasportare. Con delicatezza, l'uomo l'aveva passata dalla spalla destra alla sinistra. Ora, guardandola, il viso sporco rigato di lacrime, provò un moto di pietà come la prima volta che aveva ucciso un cervo.

Quel giorno suo padre l'aveva svegliato con una tazza di caffè, caffè vero, ben diverso dal surrogato che gli preparava da che Gert aveva memoria, e gli aveva consegnato il fucile. Non il calibro 22 che usava per sparare agli scoiattoli o alle bottiglie. Un fucile vero. Significava che lo riteneva pronto.

Il fucile pesava, ma Gert era abituato alla fatica, suo padre era un allenatore severo. Per il suo bene, ovviamente. Nel centro esatto della foresta avevano trovato le tracce del cervo, una femmina. Meno di un'ora dopo suo padre gliel'aveva indicata. Ottanta metri, aveva calcolato Gert, sfilandosi il fucile. Il rinculo gli aveva fatto un po' male, il calibro 22 a cui era abituato era molto meno potente, ma la cerva era andata giú, centrata al petto. Suo padre gli aveva dato una pacca sulla spalla.

«Bravo». Non era mai successo che glielo dicesse.

Insieme erano scesi per il pendio fino all'animale. Il colpo non l'aveva nemmeno fatta soffrire. Già allora Gert era un ottimo tiratore. Ce l'aveva nel sangue, diceva suo padre, ma pareva quasi lo facesse per schernirlo o per annunciare una maledizione.

Non appena si era avvicinato alla cerva, Gert aveva visto quanto era bella. Il pelo lucido rifletteva i raggi del sole. Aveva gli occhi chiusi; da uno scendeva una lacrima. Una sola. Gert era scoppiato a piangere.

Suo padre non lo aveva sgridato né picchiato. Gli aveva passato una bottiglietta di cognac.

«Butta giú. Non esistono innocenti, Gert. Negativo. Niente e nessuno è innocente. Mettitelo in testa».

Ma Dora?

Adesso, a poche centinaia di metri dalla destinazione, quella che aveva avuto in mente sin dall'inizio, ansimando per lo sforzo, Gert pensò che suo padre sbagliava. Dora era innocente. L'aveva capito quando chattavano. Per questo non aveva parlato di lei a Hannes. Non solo perché Hannes l'avrebbe canzonato, ma perché Dora era... speciale. In un certo senso, pensò inerpicandosi fra le pietre, anche Hannes era stato un innocente. Forse, rifletté aiutandosi con le mani per raggiungere il suo obiettivo, ferendosi a causa delle rocce aguzze, sperando che Dora non si svegliasse (non lí, lí sarebbe stato pericoloso: un piede messo male e kaputt), suo padre sbagliava.

Forse tutti erano innocenti.

Dora, Hannes, la lince, il carabiniere che era finito nella sua trappola, quelli che lo inseguivano con i cani, persino gli uomini di legge a bordo dell'elicottero. Tutti innocenti. Si fermò, esausto. Il paesaggio era bellissimo. Lo ammirò come aveva ammirato la cerva morta. Si sentí piccolo, insignificante. Quindi pensò ai due tizi, Alto e Basso, verso cui Dora voleva fuggire e pensò che anche loro sarebbero morti. Li avrebbe uccisi lui. Presto, molto presto. I tamburi di guerra richiedevano sangue. E sangue avrebbero ottenuto. D'altronde, per quelle montagne, il sangue non era una novità.

Se Gert chiudeva gli occhi poteva quasi sentirne l'odore. Sangue vecchio di un secolo.

Il capitano Orlandi entrò come una furia nell'ufficio comando. Ad attenderlo c'era Terlizzi, pallido.

– Brigadiere, ho un compito per lei.

– Le condizioni del maresciallo Fanti?

– Stazionarie. Non morirà. Da adesso sarà lei a svolgere le sue mansioni, il coordinamento dei gruppi di ricerca e soccorso.

Il brigadiere Terlizzi si mosse a disagio.

– Francamente, signore…

Orlandi alzò gli occhi dalla cartina.

– Brigadiere?

– Preferirei un ruolo operativo.

– La mia non è una richiesta.

Il brigadiere si mise sull'attenti, sbattendo i tacchi.

– E convochi il capitano Martini. Immediatamente.

Orlandi spalancò la finestra dell'ufficio, da una tasca della giacca tirò fuori un pacchetto di sigarette ancora incellofanato, lo aprí, aspirò l'odore del tabacco, poi prese a frantumare a uno a uno quei chiodi di bara. Aveva smesso da dieci anni, e da dieci anni, quando era sotto pressione, si dedicava a quella specie di rituale. Di solito contribuiva a calmargli i nervi. Non quel giorno.

Viktor entrò nella stanza.

– Capitano…

– Chiuda la porta.

Martini obbedí. Senza chiedere permesso, si sedette.

– Vorrei un rapporto, – disse Orlandi, – sulle sue indagini.

– Indagini, signore? È lei che sta...

Orlandi gettò il pacchetto a terra. – C'è una linea, capitano Martini. Una linea che divide le teste calde come lei dall'insubordinazione. Faccia ancora un passo e la deferirò al comando della legione.

– Il generale Leoni ha inviato le trascrizioni delle chat intercorse fra il soggetto Schafer e Dora.

– Perché a me non...

– Sono arrivate a entrambi, – puntualizzò Viktor. – Immagino che lei non abbia avuto il tempo di studiarle. Lo sto facendo io.

– Per quale motivo, posso saperlo?

– Per capire Gert.

– Cosa c'è da capire, capitano? Mi spieghi, – fece Orlandi, – sono davvero curioso.

– Un ragazzino che viene allevato dal padre... – Martini cercò le parole adatte, – che lo cresce come se fossero in guerra col mondo. Un uomo, come sta scritto nei verbali, che ha fatto dieci anni nei corpi speciali...

Orlandi lo interruppe. – Questo lo so. Me l'ha detto lei.

– Quindi sa anche che quando il tribunale dei minori austriaco decise di togliere Gert al padre c'è stata una sparatoria?

– Come immaginerà, con questo trambusto, – rispose gelido Orlandi, – mi è stato difficile leggere tutte le scartoffie. Quelle sono per i subordinati. Come lei. Mi dica della sparatoria.

Martini mimò un saluto militare.

– Al suo servizio. Sette feriti, uno grave, paralizzato a vita. Per settimane l'area circostante la baracca in cui Gert è cresciuto è stata transennata e pattugliata. C'erano trappole nascoste ovunque.

– Solidarietà per il povero Gert? Mi sta dicendo questo?

– Le sto dicendo che un quadro del genere combacia con il modus operandi che finora il soggetto ha mantenuto: trappole, depistaggi, false piste. Tecniche di guerriglia, insomma.

– E il maresciallo Fanti ne ha pagato le conseguenze. Tutto torna, quindi.

– *Quasi*. Le chat fra Dora e Gert ci dànno indicazioni aggiuntive sul profilo psicologico del soggetto. Per prima cosa non c'è alcun segno di interesse sessuale, né da parte dell'uomo, né da parte della ragazzina; al massimo si può supporre da parte di questa una sorta di infatuazione adolescenziale. Ha tredici anni e a quell'età è facile...

– Perdere la testa per uno stronzo.

Martini si massaggiò il mento.

– Non userei questa parola. Gert è uno strano miscuglio di ingenuità e scaltrezza. Credo sia davvero convinto che la Resistenza contro l'animale piú pericoloso esista. Ci sono parecchi passaggi in cui...

– Tagli corto, Martini.

– Gert e Dora diventano amici. Dora, a un certo punto, si confida con lui. Parla della lince, di suo padre, – Viktor estrasse un foglio dalla tasca della giacca. – «Odio mio padre e odio ciò che fa». Tipico di un'adolescente incazzata, giusto? Ma come può avere interpretato questo messaggio, Gert?

– Capisce che è vulnerabile e la rapisce.

– No. Io credo che la stia proteggendo, almeno nella sua fantasia. Per questo abbiamo sbagliato a mandare il grosso delle truppe in Val Fiscalina e dintorni. A Gert della lince non importa nulla. Lui vuole difendere la ragazzina.

– Da chi? Abbiamo controllato. I genitori sono puliti, lo stesso gli insegnanti o…

– Dai suoi fantasmi personali.

– Lei sta delirando.

Martini lesse ad alta voce un altro frammento delle conversazioni in chat. – «La morte fa parte della natura. Il buio e gli occhi che ti prendono, quelli fanno paura». È Gert che scrive. La cosa interessante è che nelle carte psichiatriche di Gert non c'è traccia di questo tipo di farneticazione.

– Quindi?

– Stiamo usando strumenti e dati sbagliati per catturare una persona che segue una logica… distorta.

– E la morte di Hannes? Anche questo fa parte della logica di Gert?

– No, infatti. Per questo mi serve il supporto del dottor Tamanin. Devo capire cosa faceva Hannes nei luoghi che ho segnalato. Però ho bisogno che sia lei a ordinarlo.

Orlandi sbottò in una risata. – Se lo scordi. Lei è pazzo, pazzo da legare.

– Forse, – rispose Martini. – Ma allora mi spieghi la dinamica dell'agguato in cui è morto Hannes. Gert prima gli ha sparato da lunga distanza e poi l'ha finito con la nove millimetri a bruciapelo?

– C'era una scatola dello stesso calibro e della stessa marca nella sua abitazione.

– Ma certo, – s'infervorò Martini, – è tutto chiaro: lei e io siamo amici, le chiedo un passaggio; ricordiamoci che Gert non ha la patente. Arriviamo e ci salutiamo. Poi lei resta fermo come un imbecille, impalato per chissà quanto, e io nel frattempo mi procuro un'arma da caccia…

– … forse l'aveva già preparata…

– Rettifico. Gert ha attraversato il confine in autostop con un fucile da caccia smontato nello zaino, l'ha lasciato sul luogo dell'agguato, è tornato indietro e si è fatto dare un passaggio da Hannes. Al momento giusto l'ha fatto fermare, gli ha chiesto di aspettare, ha recuperato il fucile e gli ha sparato dalla lunga distanza, cosí, per avere il brivido della caccia, giusto? Poi gli ha lasciato percorrere novantanove metri e tredici centimetri, l'ha finito sdraiandosi vicino a lui ed è andato da Dora.

– Martini…

– Le torna questa ricostruzione? Le tornano quei novantanove metri?

Orlandi appoggiò i pugni sulla scrivania, sporgendosi verso il collega. – No, certo che non torna.

– Il comportamento di Gert prima e dopo l'agguato è lineare, se accettiamo una certa logica. Ma l'agguato in sé non ha alcun senso. Pensi ai bossoli. I .308 spariscono, mentre il nove millimetri resta. Dobbiamo ipotizzare che ci sia un altro attore in gioco.

– Ma allora perché Gert ha sparato a Hannes? Non ha alcun senso.

– Esatto capitano. Il punto su cui focalizzarsi non è Gert, è Hannes. Dobbiamo sapere cosa faceva nei luoghi segnalati dal Gps e perché. Per questo ho bisogno di uomini per analizzare le…

– *Fuori*.

Martini scosse la testa, si alzò e aprí la porta dell'ufficio comando.

– È sempre cosí, vero?

Orlandi non sapeva a cosa Martini si stesse riferendo, né gli interessava. Raccolse un mozzicone scampato alla sua furia e se lo portò alle labbra. Non aveva accendino né fiammiferi. Gli scappò un'imprecazione. Poi convocò Terlizzi.

C'era del lavoro da fare.

Per primo arrivò l'odore. Cemento, muffa, escrementi. Poi la luce. Una penombra tagliata e piena di polvere la cui fonte Dora non riuscí a localizzare.

Tentò di muovere le braccia ma niente, era immobilizzata. Gert le aveva legato anche le gambe, e stavolta non con degli stracci, ma con funi da scalatore. Però le aveva risparmiato il bavaglio.

Indolenzita, provò a capirci qualcosa. Non era piú nella foresta. Non erano solo l'odore e la strana luminescenza a suggerirlo. Sopra di lei c'era della roccia, scavata a colpi di piccone, annerita dal fumo. Davanti, anche.

La sua schiena non toccava la roccia. Gert era stato premuroso. L'aveva appoggiata su un sacco a pelo; puzzava, ma almeno era caldo. Dietro di lei c'era un muro. La malta si sgretolava, corrosa dall'umidità.

– Gert?

La voce si disperse in una miriade di riverberi che le fecero venire la pelle d'oca. Non ci fu risposta. A fatica, Dora riuscí ad alzarsi. Le girava la testa e ci mise una vita. Saltellando come in una corsa coi sacchi, avanzò di qualche metro. Il dolore al piede ferito era lancinante, ma tenne duro.

Lí la luce era migliore. Caliginosa, venata di polvere, però migliore. Le permise di vedere le casse, gli scatoloni e le confezioni d'acqua. Almeno sei. Coperte, almeno tre strati. Una delle casse era aperta, conteneva le stesse latte di cibo scaduto che Gert le aveva fatto assaggiare quando... quando erano ancora amici. No, si corresse Dora, quando ancora non aveva capito che Gert era pazzo.

– Gert?

Chiamò a voce piú alta. Forse era uscito, o forse era nascosto nell'ombra in attesa di una sua mossa. Magari era una specie di test, Gert non si fidava piú di lei dopo il tentativo di fuga. Se solo fosse riuscita a raggiungere quei due uomini che aveva scorto in lontananza, se solo avesse avuto abbastanza voce per chiamarli...

Un balzo in avanti. Il piede le inviò una scarica terribile. La ferita si era riaperta. Poteva sentire il sangue bagnarle le dita. Digrignò i denti, non mollò. Doveva capire da dove proveniva la luce. Raggiunse la fessura nel cemento, ansimando. Dall'apertura arrivava aria pulita, fresca, di montagna. Il cielo aveva quella limpidezza e quella tonalità di celeste che solo l'alba in quota può avere. Udí il richiamo di un'aquila, ma non la vide.

La ragazza-bruco si lasciò cadere a terra. Aveva capito dove si trovava. In gabbia. Si trovava in gabbia.

Predatori e prede

Erano le nove del mattino quando le nuvole arrivarono da sud, portate da folate che piegavano le cime degli abeti. Verso le dieci, sommandosi all'afa che gravava sulla zona, assunsero una tinta cupa e, dopo un primo cannoneggiamento fra le pareti delle montagne, l'acqua si presentò sotto forma di una cascata violenta.

Ma non fu solo a causa della pioggia che le ricerche subirono una battuta d'arresto.

Circa mezz'ora dopo l'inizio del temporale giunsero le prime richieste di soccorso. Mentre tutti, nella stazione di San Candido, erano concentrati sulla ricerca della ragazzina e del suo rapitore psicopatico, la routine del turismo estivo era andata avanti. Erano stati pochi i villeggianti ad aver disdetto le prenotazioni negli hotel e ancora meno quelli che avevano interrotto la vacanza per far ritorno alle proprie case. Il pensiero che fra quei boschi si stesse consumando una tragedia, l'idea che, fra un *Apfelsaft* sorseggiato in baita e una foto da pubblicare su Instagram, potesse spuntare un omicida armato di pistola sembrava non sfiorare nessuno. Funzionò come per gli incidenti stradali, o per le catastrofi naturali: si osservano, si commentano e si passa oltre: *a me non succederà.* Gite ed escursioni erano proseguite producendo scenari a dir poco surreali. Mentre i Freiwillige, sfiniti, si davano il cambio e tornavano nelle loro case per un boccone e qualche ora di riposo, i carabinieri pattugliavano le strade e i boschi, e le unità cinofile vagavano sperando in un indizio che li portasse sulle tracce di Dora, i vacanzieri con creme protettive spalmate sul naso e buffi pantaloni tecnici scorrazzavano allegramente fra i boschi e i ghiaioni della Pusteria. Quando i due gruppi si incrociavano, i secondi scattavano fotografie ai primi. Dopo «a me non succederà» c'era il piacere perverso dell'«io c'ero».

Quando poi, attraverso i siti d'informazione, era trapelata la notizia che la bambina era fuggita di casa per «salvare un nido di lince», le petizioni online si erano sprecate – dettaglio trascurabile per la logistica delle operazioni presiedute dal capitano Orlandi, ma significativo per il morale delle squadre di soccorso che vedevano il valore della vita della ragazzina scavalcato da quello della lince – e il numero di escursionisti diretti verso la Val Fiscalina era addirittura triplicato.

L'assessore all'ambiente in persona aveva lanciato in tv un appello chiedendo di non avventurarsi fin lassú. Ne era scaturito un dibattito fra chi riteneva giuste le sue parole e chi lo tacciava di voler limitare la libertà individuale. Lo slogan di questi ultimi, coniato da chissà chi e chissà dove, era: «La montagna è di tutti». E questo creò dei problemi al comando di San Candido.

Orlandi fu costretto a togliere uomini dalle ricerche per organizzare posti di blocco che impedissero l'anarchia. Cosí, quando gli escursionisti si trovarono incolonnati e respinti, cominciarono a fioccare imprecazioni. Contro i carabinieri. Contro l'assessore. Ma soprattutto contro Dora.

Quella dannata ragazzina con le trecce stava rovinando le vacanze a chi non permetteva neppure a Giove Pluvio di intralciare le proprie sacrosante ferie. Rabbia che si scaricò online. Petizioni e insulti via social poco interessavano a Orlandi ma, dopo l'aumento del traffico verso la Val Fiscalina, l'impennata di richieste di aiuto causate dalla pioggia che, in altri frangenti, sarebbe stata gestita e archiviata come normale routine estiva, quel giorno fu una vera e propria maledizione. Una continua emorragia di tempo sia per gli uomini del soccorso sia per gli elicotteri. In piú, non solo la pioggia cancellava le tracce, occultando gli spostamenti di Gert e Dora, ma aumentava il rischio che anche i soccorritori stessi si ferissero.

Il morale, alla stazione di San Candido, era al minimo.

Gert alzò il viso al cielo e chiuse le palpebre. Amava la pioggia. Lavava via i cattivi pensieri, schiariva le idee, cancellava le tracce. Sia quelle che inevitabilmente aveva lasciato dietro di sé sia, purtroppo, quelle che aveva con pazienza disseminato per sviare le ricerche.

Suo padre gli aveva insegnato numerosi trucchi per confondere gli inseguitori: portare scarponi di taglie e marche differenti nello zaino, ripercorrere a ritroso i propri passi con precisione assoluta, usare i ruscelli per retrocedere anche di chilometri. Ma l'aveva messo in guardia, non poteva e non doveva mai essere troppo sicuro di sé. I marine erano sicuri di sé, e i viet-cong avevano vinto. I Kaiserjäger si erano considerati l'élite della guerra di montagna, e i Mascabroni li avevano sconfitti. Il suo motto era: «Agisci come il lupo, pensa come Cappuccetto Rosso».

Inseguitori motivati e ben addestrati non si facevano scoraggiare facilmente. La trappola che aveva piazzato usando lo scarponcino di Dora per attirare i cani aveva funzionato, ma di certo i carabinieri non si sarebbero arresi. Ci sarebbero voluti giorni, se non settimane, prima che la morsa si allentasse. Nel frattempo bisognava batterli in astuzia. Le altre trappole che Gert aveva piazzato qua e là nei giorni precedenti l'incontro con Dora, mentre via chat programmavano la fuga e la liberazione della lince (quando lui aveva capito che, per aiutare Dora, doveva predisporre le cose con cura e anticipo), non servivano per azzoppare o rallentare, ma per confondere.

Era stata una faticaccia che aveva richiesto ogni stilla delle sue capacità, ma era sicuro che avrebbero funzionato. Sviare il nemico, farlo correre da una parte all'altra significava, agli occhi dell'avversario, diventare invincibili. Era cosí che si vincevano le guerre, no? Affermativo. E se qualche escursionista maldestro ci fosse andato di mezzo, pazienza. Danni collaterali. Ogni guerra ha i suoi.

Per il momento il piano procedeva bene. Adesso che Dora era al sicuro, era ora di contrattaccare, di colpire. I primi a cadere sarebbero stati Alto e Basso.

Accucciato al limitare del bosco, nella zona in cui la tenacia della foresta si arrendeva alla sterilità della roccia, Gert poteva osservarli camminare carabina in spalla, curvi sotto l'acqua. I tamburi nelle tempie aumentarono di ritmo. Gert prese a ciondolare la testa, seguendone la melodia sincopata. Sorridendo. Oh sí, pensò mentre controllava il caricatore della nove millimetri e contava i proiettili rimasti, quei due avrebbero ricevuto il giusto castigo. Nessuno avrebbe trovato i loro corpi: Gert conosceva una forra poco distante abbastanza profonda per celarli.

Le bestie selvatiche avrebbero fatto il resto.

Sí, la pioggia gli piaceva. La pioggia era rinascita. Suo padre era morto in un giorno di pioggia.

Alto e Basso marciavano con il poncho addosso, un vecchio modello di cerata, non una di quelle porcherie ultramoderne che oggi vengono vendute nei negozi di caccia e pesca. Alto con il berretto ormai fradicio, Basso con una sorta di cappellaccio di feltro che lo faceva sembrare uno gnomo, ma che oltre a proteggerlo dall'acqua gli permetteva di avere un'ottima visuale.

– Ci ha visti, – sussurrò, muovendo a stento le labbra.

– È lui?

– C'è un larice spaccato a metà da un fulmine, lo vedi?

Alto non mosse un muscolo, solo gli occhi.

– Ah-a.

– In linea retta, trecento metri piú in quota.

Alto non vide nulla. – Sei sicuro?

– Mica se ne stava lí ad aspettare, che dici?

Entrambi ridacchiarono.

Quel Gert era stato bravo a depistare tutti. Loro compresi. E ce ne voleva per depistare due come Alto e Basso. Ora che avevano avvistato la preda sentivano la stanchezza scemare e l'adrenalina salire. Ma non era quello il loro momento preferito. Era l'attimo di calma, di serenità, che li invadeva quando avevano un cervo nel mirino. Basso aveva letto un libro, o meglio un fascicoletto, che quegli svitati vestiti di arancione e con il cranio rasato andavano distribuendo per le strade. Ci aveva capito poco, ma il concetto di nirvana gli era piaciuto. Assenza di desiderio. Era cosí che si sentiva quando stava per sparare. Non c'era cattiveria, non c'era desiderio – sebbene entrambi non avessero mai fatto nulla per nulla, il nirvana è una cosa, il mondo vero è un'altra e i soldi non sono mai abbastanza –, non c'era neppure eccitazione. C'era solo quella...

– Sospensione.

– Che dici?

– Quando spari. Non pensi a niente. Sei sospeso.

– Hai bevuto?

– Scusa.

Camminarono ancora, cercando di restare in vista. Ma senza esagerare. Non era un controsenso. Volevano che Gert li vedesse, però non volevano che si insospettisse. Quella era caccia all'uomo, non caccia al cervo. Il cervo richiede invisibilità, l'uomo strategia.

Verso le undici e venti, ai tuoni e allo scroscio della pioggia si sovrappose il ronzio di un elicottero. Un colpo di fortuna. Alto e Basso si prepararono all'azione. Quando l'elicottero rosso del soccorso alpino fu quasi sulle loro teste entrambi si gettarono nel folto della macchia. Senza scambiare una parola, si sbarazzarono delle cerate e iniziarono la loro manovra. Colpo in canna e sensi all'erta.

A un passo dal nirvana.

Melan bussò e lasciò un caffè sulla scrivania del capitano Martini. Viktor alzò lo sguardo dalla tastiera.

– Per me?

La stazione dei carabinieri di San Candido ormai andava avanti a sbadigli e caffeina.

– Da parte mia e della dottoressa.

– Come sta?

– In realtà ci stavamo chiedendo…

Martini trangugiò il caffè.

– Scrivo, riscrivo. Ecco cosa faccio. Le chat di Dora e Gert. Le dichiarazioni dei colleghi di lavoro del parco-zoo di Dölsach. Trentasette persone, finora. Quelli della cooperativa a cui, in teoria, era affidato Gert: otto persone piú lo psichiatra che gli prescriveva i farmaci. Prendo appunti, analizzo. I dati di Hannes, quelli del Gps, e allego le liste di ciò che abbiamo fotografato. Poi ci sono gli scontrini che aveva in casa e in ufficio. Gli austriaci sono stati molto gentili a fornirmeli. Quando ho finito rileggo e ricomincio daccapo. Scrivo, riscrivo. E scrivo ancora. Perché scrivere è vedere ciò che non vuole o non deve essere visto.

Melan si schiarí la voce.

– Lí fuori è putiferio. La pioggia...

– La vuoi una lezione, recluta?

– Certo.

– Se hai da dire qualcosa a un superiore, dilla.

Forse furono quelle parole, forse fu la stanchezza, ma il carabiniere scelto Melan esplose. – Che diavolo stiamo facendo?

– Te l'ho appena detto.

– Io continuo a vedere colleghi dall'aria distrutta che vanno avanti e indietro. Salgono sulle montagne, controllano ogni malga, fienile o maso. Rivoltano i sassi per trovare quella bambina. Ci sono gli elicotteri, i cani. E io sono qui ad ascoltare questo maledetto ticchettio, lasciamo perdere i fascicoli e andiamo a cercare Dora.

Martini indicò le pile stampate che ingombravano la stanza.

– In ognuno di questi fascicoli c'è una vita. Le vite sono legate da connessioni. Quando capisci le connessioni devi tornare indietro perché hai imparato un nuovo modo di mettere a fuoco la vita da cui sei partito. E questo ti porta a nuove connessioni che... – Viktor scosse la testa, era piú facile mostrarlo che spiegarlo. – Guarda qui.

Passò al carabiniere quattro fogli tenuti insieme da una graffetta.

– Maria Schneider, – lesse Melan. – Chi è?

– Maria Schneider è una donna delle pulizie. Si occupa degli uffici del parco-zoo. Conosce sia Hannes sia Gert. Pensaci. Hanno parlato, bevuto caffè insieme, si sono scambiati gli auguri a Natale e hanno commentato qualche serie tv. Connessioni. La vita di Maria Schneider era connessa a quella di Hannes e Gert. Quello che hai fra le mani è il verbale della Ps austriaca. Sai un po' di tedesco?

– Sto facendo un corso, ma...

– Le domande sono le stesse che avremmo fatto noi, e le risposte le puoi immaginare anche da solo.

– Allora perché...?

– Maria Schneider ha cinquantatre anni. Si trova convocata al commissariato di polizia. È spaventata, preoccupata. Tutti si spaventano quando ricevono una convocazione urgente da parte degli sbirri, no? È normale. Cosa si fa allora?

– Si mette a proprio agio la persona.

– E funziona?

– Quasi mai, – ammise Melan. – Anzi, piú una persona è innocente e piú si sente sotto pressione.

– Infatti la signora Schneider ha paura. Le sue risposte sono tipiche. Brevi, telegrafiche. Spesso risponde solo sí, oppure no.

– Forse non vuole far perdere tempo agli investigatori. Ha sentito al telegiornale che Gert ha rapito una ragazzina e che Hannes è morto, non sa nulla e taglia corto.

– Maria Schneider *crede* di non sapere nulla e i poliziotti austriaci *credono* che la signora Schneider non sappia nulla, ma devono interrogarla e lo fanno. Una formalità. Quattro paginette scarse, e avanti il prossimo.

– Ma?

– Ma la signora Schneider qualcosa dice. Per esempio: Hannes è nominato tre volte, Gert sedici.

– Per forza, – sbottò Melan. – È su Gert che i poliziotti hanno fatto piú domande.

– E la signora Schneider non fa che parlare bene di Gert. Un bravo ragazzo. Un po' strano, ogni tanto. Lo sorprendeva a guardare film di fantascienza durante l'orario di lavoro, ma non ha detto nulla ai superiori perché lui non ha mai creato problemi.

– Non è sempre cosí? Un bravo ragazzo, una brava persona, un bravo vicino di casa...

– E Hannes? A pagina tre la signora Schneider dice che il nostro cadavere con la testa aperta in due le aveva fatto delle avance. I colleghi austriaci vogliono saperne di piú e insistono, però lei non aggiunge altro. Avance, dice. E basta. Perché?

– Perché la signora Schneider ha cinquantatre anni e si vergogna delle attenzioni di uno che ha quasi la metà dei suoi anni. È un tipo vecchia scuola. Oppure Hannes allungava le mani e lei non sapeva come reagire.

– E perché non ne ha parlato con i superiori del parcozoo?

– Perché ha cinquantatre anni e si vergogna, – ripeté Melan. – O magari erano davvero solo semplici avance.

– Avance che ha pensato di riferire alla polizia?

– Allora significa che era lei ad aver paura di perdere il lavoro. O temeva una ritorsione da parte di Hannes che, sappiamo, non era uno stinco di santo.

– Poi, a pagina due, in alto, la signora Schneider ci regala l'informazione piú importante. Dice che Gert nell'ultimo periodo le sembrava *migliorato*.

– Il contatto con Dora.

– Migliorato. Migliorato significa che prima stava peggio. Stare peggio significa che il suo umore era *cambiato* rispetto al solito.

– Quindi Gert, prima di conoscere Dora, era peggiorato rispetto al suo solito umore?

– Sono in parecchi a dirlo, se uno si impegna a leggere fra le righe. Da circa un anno, o giú di lí, Gert era diventato piú schivo, trasandato. Tutti gli volevano bene e tutti, – sottolineò Martini, – lo preferivano a Hannes, ma stava... *peggio*.

– Ci sono certificati medici? O resoconti psichiatrici?

– Gert era abbandonato a sé stesso –. Martini indicò un faldone abbastanza pesante. – La cooperativa che si prendeva cura di lui: centottanta pagine di dichiarazioni. Mai una volta che lo chiamino per nome. Sempre «il paziente» o «l'ospite». Lo psichiatra non ha riconosciuto nemmeno la sua fotografia. Da circa un anno a questa parte Gert stava male e nessuno ha fatto niente per capirne il motivo o per aiutarlo.

– Tutto questo l'ha letto nei fascicoli? – chiese Melan, sbalordito.

Viktor diede un pugno alla scrivania.

– Vite, non fascicoli. Vite. Le vite sono connesse. Le connessioni aiutano a mettere a fuoco il quadro, e insieme offrono un ritratto dei nostri due amici. E, guarda un po', il piú fetido non risulta quello che attualmente è in fuga, presumibilmente armato, con una ragazzina, ma l'altro. Il morto.

Melan aveva la testa che gli girava. Sí, d'accordo, le vite, le connessioni, però...

– Questo come ci aiuta a trovare Dora?

Un sorriso sul viso di Viktor.

– Noi non stiamo cercando Dora. Noi stiamo cercando di ricostruire tre vite. Quella di Dora, quella di Gert e quella di Hannes. Una ragazzina in fissa con l'ecologia, parecchio sveglia, amata dai suoi genitori, ma nel pieno della sua ribellione. Quella di un paranoico dall'infanzia orribile, che si aggrappa a vecchi film di fantascienza per fingere di avere una vita eroica e che trova nella ragazzina l'unica persona che lo ascolta.

– Gert ha bisogno di qualcuno che lo faccia sentire vivo e Dora cerca qualcuno che le dia risposte. La connessione.

– Però c'è un vuoto.

Melan annuí. – La vita di un delinquente da strapazzo, che finisce ucciso e che è un punto di domanda grande come il Renault nelle mani del dottor Tamanin. Hannes Baumgartner. Era connesso a Gert ma non a Dora, giusto?

– Esatto. Hannes è la zona morta.

– Che significa?

Un gesto, come a dire che non aveva importanza.

– Significa che Hannes è la chiave.

– Ma per cosa, Viktor?

Martini attese qualche istante prima di rispondere.

– L'ultima volta, – mormorò, – per l'orrore.

La Sig Sauer 1911 nove millimetri che Gert stringeva in pugno era una versione moderna della piú famosa Colt 1911. Una pistola che garantiva un centro entro un buon raggio d'azione e con un ottimo potere d'arresto. Tuttavia, con la pioggia e in svantaggio numerico non era l'arma migliore con cui ingaggiare battaglia. Ci fosse stata una sparatoria, la 1911 non gli avrebbe garantito la vittoria e, come diceva suo padre, prima si vince, poi si va in guerra. Quindi Gert dovette studiare un piano.

Scivolò lungo un pendio infradiciandosi di fango e aghi di pino, si fermò dietro a un rovo e iniziò a strisciare verso la protuberanza di una roccia che aveva individuato come postazione di tiro. La scelta era stata dettata dal nemico, che era scaltro, ma non cosí scaltro. Dopo che Alto e Basso si erano sbarazzati delle mantelle, Gert li aveva persi di vista a causa del passaggio dell'elicottero che lo aveva costretto a nascondersi, e quasi si era fatto prendere dal panico. Fortunatamente era riuscito a vedere i due infilarsi in un valloncello, una spaccatura nella roccia larga un paio di metri, lunga una quindicina e alta un metro e mezzo. Una buona posizione – se si possedevano carabine di precisione come quelle che i due portavano in spalla – da cui potevano coprire quasi la metà della parete, ma che, se Gert fosse stato svelto, si sarebbe trasformata in una trappola mortale grazie allo sperone di roccia che la sovrastava. Una pura questione di velocità.

Basso se ne stava rannicchiato sotto la pioggia, addossato alla roccia. L'acqua lo costringeva a tenere le palpebre semichiuse, e non gli piaceva che il rumore dei tuoni lo facesse sobbalzare. Adesso che era solo gli era passata la voglia di scherzare. Era Alto che sapeva sempre cosa fare, che sapeva come abbordare le ragazze nei bar o trattare con certa gente. Ed era stata di Alto anche l'idea di infilarsi nella spaccatura che puzzava di fango e animali morti per tendere l'imboscata a Gert con una specie di manovra a tenaglia: Basso faceva da esca, Alto aggirava Gert e...

Un tonfo.

Basso appoggiò il fucile alla spalla e lo puntò sopra di lui. Solo un tordo intirizzito.

Eppure gli era sembrato di sentire...

Un fruscio. Alle sue spalle.

– Mettilo giú.

Basso obbedí.

Alto si vantava di avere antenati cacciatori sin dal medioevo. Non era vero. Conosceva a mala pena il nome di suo padre, un bruto che si era dileguato quando lui era un poppante e non si era piú fatto vedere. Da bambino Alto sognava di incontrarlo, di scoprire che in realtà si trattava di una persona famosa, una star dei programmi tv di cui sua madre si rimpinzava. Tv, dolci e birra, altro non conosceva, sua madre. Intuire le paturnie di quell'alcolizzata aveva fatto di lui un provetto cacciatore. E un criminale della peggior specie. Nell'ultimo periodo c'erano mattine in cui non aveva il coraggio di guardarsi allo specchio e serate in cui, nonostante i ricordi di ciò che sua madre arrivava a fare pur di procacciarsi una birra, sentiva di doversi sbronzare fino a svenire. Lo faceva calcolando i tempi fra un impegno e l'altro. Era come fumare. Se si andava a caccia, era vietato. Se doveva lavorare, niente alcol. Ma se c'era sufficiente tempo e certe immagini o certe domande non la smettevano di tormentarlo…

Alto inquadrò Gert nel mirino. Era quasi arrivato allo sperone di roccia a picco sopra Basso. Da dove si trovava, Alto non poteva vedere il compare, proprio come Gert era ignaro della minaccia su di lui e proseguiva strisciando con la 1911 in pugno. Però Alto poteva immaginare il povero Basso, zuppo di pioggia, tremante e preda di mille preoccupazioni. Per questo il loro business funzionava cosí bene. Basso era quello che si preoccupava, lui quello che agiva.

Tenne Gert al centro del mirino finché il fuggitivo con la 1911 non fu esattamente dove lui e Basso avevano previsto di attirarlo. Alto valutò il vento e spostò la canna del fucile di meno di un millimetro. Non voleva Gert morto. Lo voleva ferito. Altrimenti non avrebbe potuto dire loro dove si trovava la ragazzina. E allora…

Una mano gli tappò la bocca. Un'altra gli strappò il fucile.

– A cuccia.

Gert capí. All'ultimo, ma capí. Si gettò di lato, facendosi male a una spalla, si voltò e sparò un paio di colpi a casaccio.

– Negativo, negativo!

Colpí il tronco di un larice, schizzò un po' di corteccia, un proiettile rimbalzò contro la roccia producendo un tintinnio quasi musicale, ma niente di piú.

Svuotò il caricatore e continuò a premere il grilletto a vuoto.

Braccia robuste gli strapparono la 1911 di mano, un uomo incappucciato gli piombò sullo stomaco, facendolo boccheggiare, lo costrinse a girarsi faccia a terra e gli chiuse i polsi in lacci di plastica che gli straziarono la carne.

– Negativo! Negativo!

L'incappucciato che gli aveva strappato la pistola di mano stava sorridendo. Gert gli sputò addosso.

Quello gli fece l'occhiolino.

– Preso.

Eroi per un giorno

I Freiwillige avevano rinvenuto tre trappole, tutte e tre funzionanti, ma nessuna in condizione di nuocere quanto quella che per poco non aveva ucciso il maresciallo Fanti. La prima nella zona del Tovo, la seconda nei dintorni di Braies, l'ultima a due passi dall'abitato di Moso. Gli esperti della guardia forestale avevano stabilito che erano state collocate circa un mese prima.

False piste. Trucco vecchio come il mondo.

Quelle diavolerie avrebbero dovuto indurre Orlandi a spostare gli uomini da una zona all'altra, in cerca di tracce che, ne era certo, Gert non aveva trascurato di lasciare per loro, ma che li avrebbero solo fatti girare in tondo. La fuga del soggetto, insomma, era stata pianificata con anticipo.

Il primo istinto del capitano era stato di dirottare le forze verso le zone in cui i gruppi di ricerca *non* avevano trovato neppure un filo d'erba smosso, o dove sarebbe stato *impensabile* arrivare con una bambina al seguito, perché era lí che avrebbero trovato entrambi. Ma tali manovre avrebbero messo in allerta Gert, ed era meglio non scherzare con un paranoico omicida armato di nove millimetri. Orlandi aveva deciso di scacciare il fuoco con il fuoco. Gert usava vecchi stratagemmi per fregarlo?

Lui ne avrebbe usato uno altrettanto antico: il cavallo di Troia.

Al telefono il generale Leoni aveva ascoltato il suo piano e dato il via libera. Orlandi aveva mandato Terlizzi a sirene spiegate fino a Pontives, sede dell'Aiut Alpin Dolomites. Terlizzi aveva fatto giusto in tempo a spiegare agli uomini dell'Aiut l'idea di Orlandi che, da un furgone senza insegne, erano sbucati cinque uomini col Mephisto calcato sul viso e l'MP5 a tracolla. Gis. Gruppo intervento speciale. Le teste di cuoio dei carabinieri. I Gis si erano impadroniti dell'elicottero e avevano iniziato a sorvolare le zone dove Gert e la bambina non avevano lasciato alcun segno.

Stipati nell'EC-135 rosso dell'Aiut Alpin, gli uomini del Gis erano invisibili e in bella mostra allo stesso tempo. Con tutta quella pioggia e il viavai di elicotteri del soccorso, l'EC-135 non avrebbe destato sospetti.

Come l'inganno ordito da Ulisse, anche quello del capitano Orlandi funzionò. Dopo ore di attesa, alla radio della stazione di San Candido arrivò il segnale.

– In custodia.

Quando gli uomini del Gis scaricarono il soggetto nel piazzale della stazione, ci fu un lungo applauso da parte di tutti i presenti. Gert, testa china e fascette di plastica ai polsi, fu portato in una stanzetta disadorna. Un tavolo rivestito di formica imbullonato al pavimento, una sedia anch'essa avvitata e una telecamera a circuito chiuso collegata allo schermo di un ufficio adiacente, in cui Melan dovette farsi largo a fatica per poter assistere all'interrogatorio.

Gert aveva smesso di lamentarsi e se ne stava a occhi chiusi. La sua cattura aveva scatenato gli entusiasmi, ma la partita non era conclusa. Dora era ancora là fuori.

La prassi richiedeva che il soggetto restasse da solo per un'ora o due, «a cuocere», come si diceva. Il tempo però stringeva.

– Zitti, – disse qualcuno, quando il capitano Orlandi, il Pm Baldini e un avvocato di Sesto, convocato d'urgenza, fecero il loro ingresso nella stanza degli interrogatori.

– Gert Schafer, – esordí il capitano. – Lei si trova in stato di fermo per il sequestro di Dora Maria Holler, l'omicidio di Hannes Baumgartner e il ferimento del maresciallo Antonio Fanti. Io sono il capitano Orlandi, questi è il procuratore Baldini. L'avvocato Valentino Muser è qui per controllare che lei abbia inteso la situazione e difendere i suoi interessi al meglio delle proprie capacità. Mi ha capito?

Nessuna risposta.

– Per me è un sí, – fece Orlandi.

L'avvocato avvampò, poi annuí energicamente. Baldini si aggiustò la cravatta.

– Signor Schafer, la sua situazione è molto grave, spero che lei…

– Come sta?

Gert aveva parlato senza sollevare la testa, e per un attimo i presenti pensarono di aver sentito male.

– Chi?

– Il maresciallo.

– Non è in pericolo di vita.

Gert annuí.

– Non potevo calcolare l'altezza delle ganasce. Non in maniera precisa.

– Sta dicendo, – fece l'avvocato, – che non era sua intenzione uccidere il maresciallo o chiunque fosse incappato nella trappola?

– Affermativo. Ferire sí, – fu la risposta. – Uccidere no.

– Ha usato gli scarponi di Dora per sviare i cani, – disse Orlandi. – Un'ottima mossa.

– È una domanda?

– La domanda è: dove si trova Dora?

Gert alzò gli occhi dal tavolo. – E lei lo sa dove si trova, capitano Orlandi?

– Dalla parte giusta della scrivania, – rispose l'ufficiale, citando un detto che Fanti ripeteva sempre.

– Negativo. Lei è al centro della ragnatela e pensa di essere il ragno. Crede di conoscere e vedere. Ma non vede, no. Non sa. Perché non vuole vedere e non vuole sapere.

– Se intende giocarsi la carta dell'infermità mentale...

– Lei non è il ragno, lei è una mosca finita per sbaglio nella tela.

– Dov'è Dora?

– Ci sono luoghi nascosti. Sentieri nascosti. Pensieri, – sussurrò Gert, – nascosti.

Prima che ai network televisivi fu al bar di San Candido che arrivò la notizia della cattura di Gert. Ci furono pugni alzati, grida di giubilo, e il proprietario serví un giro gratis per tutti.

La persona che aveva dato la notizia, un lavapiatti del ristorante poco distante dalla stazione dei carabinieri, assaporò il suo quarto d'ora di celebrità. Raccontò di aver visto atterrare l'elicottero dell'Aiut, quello rosso, era strano, no? Già, molto strano, dicevano i presenti pendendo dalle sue labbra. Cosí sono andato a dare un'occhiata. C'erano dei tizi che facevano paura, cappucci, mitra... E in mezzo, il matto della foto in tv. Qualcuno ne ricordava il nome, qualcuno usò vari appellativi per definirlo. E poi? L'hanno trascinato dentro, insieme ad altri due. Uno alto e uno basso. Chi erano? Gente di Sesto? Di San Candido? Il lavapiatti non li conosceva, ma erano zuppi di pioggia e da come gli incappucciati li trattavano aveva capito che...

– Birra! – esclamò Alto facendo il suo ingresso insieme a Basso. – Birra per tutti!

La voce si sparse, erano arrivati i due eroi che avevano trovato Gert. Non erano della zona, ma parlavano *dialokt*, offrivano da bere e raccontavano che se quei figli di buona donna che si credevano Rambo non li avessero fermati…

– Alle gambe, potete giurarci! Un colpo pulito, da parte a parte. Mica siamo assassini. E poi volevamo che parlasse.

– Per trovare Dora?

– Certo. Quei Rambo lí l'hanno portato in caserma, giusto? E cosa pensate che gli faranno i carabinieri? Gli diranno che ha diritto a un avvocato, poi gli daranno da mangiare e magari anche un caffè. Lo vuole con lo zucchero o preferisce senza, signor figlio di puttana? Noialtri… – Alto passò il braccio attorno alla spalla di Basso, taciturno, accanto a lui. – Ci hanno sequestrato i ferri del mestiere e nemmeno un grazie. E la ragazzina? Chissà dov'è adesso. Se ci avessero lasciati fare…

Ci furono dei commenti indignati, poi tutti ammutolirono. L'uomo fendette la folla senza dover spingere. Era Matthias Holler, il padre della bambina.

– Raccontatemi, per favore.

I due lo fecero e al termine del resoconto Matthias Holler li abbracciò. Prima Alto, poi Basso. Poi di nuovo entrambi. Probabilmente sarebbe andato avanti ancora cosí, se non fosse stato per il lavapiatti del ristorante che si intromise.

– Stanno arrivando quelli della tv. Vogliono un'intervista.

I due bracconieri diedero una pacca a Matthias Holler e chiesero dell'uscita secondaria.

– Giornalisti? Al diavolo, i giornalisti, – dissero.

– Maledetti sciacalli, – fece eco il lavapiatti, già sorridendo a telecamere invisibili. Dopotutto, in mancanza dei due eroi, era a lui che toccava dire qualcosa.

Per Dora, se non altro.

– Dov'è?

Matthias Holler spintonò di lato il carabiniere alla porta ed entrò sotto lo sguardo di uno degli uomini del Gis, un bestione calvo che stava sorseggiando un tè. Il padre di Dora si scagliò anche contro di lui. L'uomo del Gis schivò l'attacco senza far cadere una goccia della bevanda, gli torse il braccio dietro la schiena e lo costrinse contro la parete.

– Qui c'è un tizio che ha voglia di menare le mani, – disse a voce alta l'uomo del Gis.

Terlizzi arrivò di corsa.

– Signor Holler, si calmi, la prego.

L'uomo del Gis fece due piú due, lasciò la presa e tornò a sorseggiare il suo tè.

– È vero che l'hanno arrestato? – chiese il padre di Dora.

– Sí –. Terlizzi indicò l'uomo calvo con il bicchiere fra le mani. – E sono stati questi uomini. Sarebbe il caso che lei si scusasse, non crede?

Matthias Holler proseguí come se non avesse udito nulla.

– E Dora?

– Stanno interrogando il soggetto. È questione di tempo e...

– Lasciatelo a me, – fece il signor Holler, rosso in viso. – Cinque minuti. Solo cinque minuti e io...

Terlizzi gli appoggiò la mano sulla spalla.

– Quei cinque minuti le costerebbero la vita di sua figlia. Si fidi di noi.

Matthias Holler scoppiò in lacrime.

– I miei uomini stanno setacciando la montagna, rivoltando ogni pietra. Troveranno Dora comunque.

– Negativo, capitano. Non la troveranno mai.

– Davvero, – chiese Orlandi, – vuole passare in galera il resto della vita?

– Gabbie, – disse sprezzante Gert. – Voi non sapete cosa sono le gabbie.

– Se lei, – fece Baldini conciliante, – ci darà una mano a trovare Dora, la cosa avrà un peso in sede processuale.

Gert si allungò verso il Pm.

– Dora è al sicuro. Nessuno può trovarla. Non voi, non loro, nessuno.

– Loro? Chi sono loro?

Il viso di Gert si chiuse in una smorfia di scherno.

– Adesso la sente, la ragnatela, capitano?

Orlandi spiegò una cartina di fronte al prigioniero.

– Dov'è Dora?

Martini abbandonò l'ufficio stipato di carabinieri che osservavano l'interrogatorio attraverso il monitor a circuito chiuso, e la Pellegrini lo seguí fino all'area fumatori. La pioggia e l'aria fresca le tolsero di dosso solo parte della sensazione di sporco che la vista di Gert le aveva lasciato.

– Non lo dirà mai.

– Perché?

– Lei parla il finlandese, dottoressa?

– No.

– Riuscirebbe a rispondere alle domande di un poliziotto finlandese?

– Chiederei un interprete.

Viktor annuí.

– È ciò che manca a noi. Non abbiamo un interprete.

Gert parla una lingua che solo un'altra persona può comprendere oltre a lui. Peccato sia morta.

– Hannes?

– Penso di sí.

– Secondo lei perché Gert l'ha ucciso?

– Gert non è pericoloso, dottoressa. Si sta difendendo. Probabilmente è da quando è nato che si difende. Piú lo interrogano, piú si chiuderà.

– Se l'abbiamo preso…

Martini scosse la testa.

– Non l'abbiamo preso. È questo il punto. Gert ha ragione, noi siamo mosche che credono di essere ragni.

– Il Gis…

– Ho parlato con uno di loro. Non hanno visto Gert, hanno visto due tizi appostati con le armi in pugno. È stato mentre si avvicinavano a loro che hanno capito che quei due avevano il soggetto nel mirino. Il Gis ha beccato gli eroi, non Gert.

– Due eroi che avrebbero potuto avvertirci.

Un sorriso mesto sul viso del capitano.

– A giudicare dalle armi che gli hanno sequestrato, sono bracconieri. Non vanno d'accordo con le divise. E ora sono delle star. Scommetto che li vedremo all'edizione di mezzogiorno del Tg.

La Pellegrini poteva persino immaginarli, circondati da una folla festante, o addirittura ospiti di qualche talk-show.

– Capitano, lei pensa che Dora sia viva?

– Penso al fatto che Gert abbia parlato di ragni, mosche e *loro*. Non riesco a togliermelo dalla mente, Per quanto riguarda Dora, dottoressa, fa parte del nostro lavoro crederlo.

Dopo aver urlato, pianto ed essere precipitata in una specie di dormiveglia, Dora aveva iniziato a studiare il luogo in cui si trovava. La pioggia aveva diminuito la già scarsa visibilità all'interno della gabbia di cemento e roccia in cui Gert l'aveva rinchiusa, ma quando un fulmine si abbatté poco distante, riuscí a scorgere il suo zaino in un angolo.

Strisciando lo raggiunse e ne rovesciò il contenuto, finché non trovò ciò di cui aveva bisogno. Il suo coltello multiuso. Aprire la lama con le mani legate dietro alla schiena richiese del tempo, e quando ci riuscí Dora aveva diversi tagli sulle dita. Il dolore, comunque, era nulla in confronto alla prospettiva della libertà, cosí non ci diede peso e cominciò a usare la lama come aveva visto fare in migliaia di film. Impiegò un'eternità a slegare i polsi: le corde da scalatore di Gert erano robuste. In compenso, tolte quelle, con le gambe fu uno scherzo. Dora si lasciò andare a un grido di trionfo. L'eco le smorzò l'entusiasmo.

Zoppicando si avvicinò alla fessura da cui proveniva la luce, si sedette e con grande cautela srotolò gli stracci che Gert le aveva rifilato al posto degli scarponcini. Il piede sinistro aveva solo qualche graffio, il destro era coperto di sangue rappreso, era gonfio e pulsava. Gattonando, la ragazzina raggiunse le confezioni di acqua e ne versò un po' sulla ferita trattenendo il respiro. Era un taglio di quattro, forse cinque centimetri. Si era formata una crosta sottile e scura, ma lí dove la pietra aguzza era ancora conficcata nella carne, usciva sangue e la carne era arrossata. A denti stretti Dora estrasse la pietruzza, stupendosi di come una cosa cosí piccola potesse fare tanto male, e la gettò accompagnando il gesto con una delle imprecazioni preferite di sua madre. Il sangue riprese a sgorgare dalla ferita, quindi Dora recuperò lo zaino e usò una maglietta per fasciare alla meglio il piede. Al termine dell'operazione era in un bagno di sudore, nonostante il freddo. Forse era fame, pensò. Era da parecchio che non metteva qualcosa sotto i denti. Normale si sentisse debole. Invece non riuscí a fare altro che sgranocchiare mezza barretta al muesli. Aveva i brividi e le facevano male le ossa.

Pianse.

Si addormentò.

Tre ore di interrogatorio: niente. Al capitano Orlandi non era mai successo. C'erano criminali che ci mettevano anche il doppio o il triplo per sputare il rospo, ma si trattava di gente scafata, che era già stata in carcere e che agiva per uno scopo ben preciso. Piú che interrogatori, erano partite a poker. Scopri una carta e vedi che fa l'avversario, cerchi di intuire cosa sa e cosa vorrebbe sapere e ne scopri un'altra. L'obiettivo, per quei tizi, era ottenere il rito abbreviato o uno sconto della pena.

Gert, invece, non faceva certi calcoli. Lui era chiuso nel suo mondo. Non sembrava neppure sfiorato da quanto stava accadendo. Il Pm Baldini aveva concluso ufficialmente l'interrogatorio alle diciassette e sette minuti e si era attaccato al telefono per ottenere l'affiancamento di un consulente psichiatrico. Rischioso, perché significava ammettere che il soggetto poteva essere incapace di intendere e di volere, cosa che avrebbe creato dei grattacapi durante il dibattimento, ma la priorità non era dare a Gert il massimo della pena, era trovare la ragazzina.

Orlandi si recò alla postazione radio. L'operatore gli riferí che le squadre stavano setacciando la zona in cui Gert era stato fermato ma, per il momento, senza risultati. Sforzandosi di nascondere la frustrazione, il capitano parlò qualche minuto con gli uomini del Gis, ringraziandoli per il loro operato. Infine decise di averne abbastanza. Aveva bisogno di cinque minuti di solitudine, nell'ufficio comando. Dove trovò Chiara.

– Da quanto non dormi? – gli chiese la moglie. E gli allungò una lattina di Coca-Cola.

– Fa male ai denti. Ma grazie.

La donna sorrise e chiuse la porta dell'ufficio.

– Vuoi? – chiese.

– Cosa?

Chiara girò la chiave nella serratura e ripeté la domanda.

– Vuoi?

Terlizzi spense la telecamera e aiutò il prigioniero ad alzarsi.

– Dove andiamo?

– Nella cella di sicurezza.

– Gabbia. Ancora in gabbia.

– Già, – fece Terlizzi, accompagnandolo senza troppi riguardi. – Meglio che ti ci abitui.

Gert si irrigidí. C'era una piccola folla di carabinieri a fissarlo. Chi con le mani in tasca, chi a braccia conserte. Uomini dal viso mal rasato che non vedevano le loro famiglie da due giorni. Uomini che lo fissavano in cagnesco, altri che lo scrutavano alla ricerca di un segno che poteva significare vita o morte di Dora. E una donna dall'aria scarmigliata, i capelli neri e gli occhi di ghiaccio.

Gert vide solo quelli: occhi.

– Non spenga la luce, brigadiere, – sussurrò.

– Cosa?

– Non spenga la luce, – supplicò Gert, piangendo. – Non la spenga, per favore.

– Cosa succede se spegniamo la luce, Gert? – fece la dottoressa Pellegrini, facendosi largo a gomitate.

Prima che Terlizzi riuscisse a opporsi, Gert cadde in ginocchio.

– Occhi nel buio. La prego. Non spenga la luce.

C'era un tale terrore nello sguardo del prigioniero che la dottoressa Pellegrini faticò a parlare. Ma lo fece. Per Dora.

Quando il capitano Orlandi spalancò la porta aveva la cravatta slacciata e il viso arrossato. La Pellegrini guardò prima lui, poi la moglie, che si stava tirando su la bretella dell'abito estivo.

– Sappiamo dov'è Dora, – disse la Pm, sforzandosi di mantenere il tono neutro.

– Cosa?

– Abbiamo fatto un accordo. Luci accese in cambio della posizione della bambina.

Orlandi capí solo l'ultima parte dell'accordo. Corse verso gli uomini del Gis, sbraitando ordini.

– Dottoressa? Mi aiuta?

La moglie del capitano Orlandi le mostrava la schiena, là dove la zip dell'abito lasciava scoperta la carne. Non portava reggiseno, notò la Pellegrini accostando la porta dell'ufficio. L'odore che permeava la stanza le fece tornare in mente brutti ricordi.

Chiara Orlandi teneva i capelli sollevati perché non si impigliassero nella cerniera. La Pm tiro su la zip e la chioma bionda della moglie del capitano tornò a risplendere. Sembrava una ragazzina.

– Posso farle una domanda, dottoressa?

– Prego.

– Lei non è sposata, vero? Gli uomini non amano le donne di potere. Ne sono attratti, ma poi se la fanno sotto.

– Non credo di essere una donna di potere. Faccio solo il mio lavoro.

– Lei parla come un uomo, eppure non riesce a vedere le cose come un uomo? Però sono d'accordo con lei. Esistono diversi tipi di potere. Mia nonna, la notte prima delle nozze, mi diede un consiglio. Chi perdona, vince. Le solite cose da nonne, mi sono detta. Invece... – Chiara Orlandi si voltò verso di lei, senza perdere il sorriso, aggiustandosi un orecchino. – Chi perdona, vince. Buffo dirlo qui, non trova? Qui non esiste perdono.

– C'è giustizia, è un'altra cosa.

La Orlandi storse il naso.

– Ancora una risposta da uomo. Gli uomini si riempiono la bocca della parola giustizia, eppure non hanno la piú pallida idea di cosa sia. La loro giustizia è una specie di vendetta goffa e zoppa.

– Temo di non seguirla, e devo proprio...

Chiara Orlandi la trattenne, sistemandole una ciocca di capelli sfuggita alla coda.

– Chi viene perdonato, dottoressa Pellegrini, vivrà sempre nella paura. Di perdere i figli, per esempio. Di uno scandalo che porrebbe fine alle ambizioni. Di ricevere lo stesso trattamento. Fine pena, mai. Non è una condizione terribile?

– Qualcuno lo chiama ricatto.

Gli occhi di Chiara Orlandi si fecero di pietra.

– Parla ancora come un uomo, dottoressa. Io preferisco il termine «conseguenza».

L'elicottero con a bordo gli uomini del Gis filava a duecentotrenta chilometri orari, sfiorando le cime degli alberi. Piú di cosí, aveva detto il pilota, l'EC non poteva andare. I cinque incappucciati mostrarono il pollice. Non si aspettavano azione. Il sospetto era in custodia, si trattava solo di andare a prendere la ragazzina, tranquillizzarla e riportarla ai propri familiari.

Dei cinque, quello calvo era il piú alto in grado e l'unico che avesse una figlia. La sua Marisa aveva diciotto anni, era un asso della pallavolo e aveva un modulo di iscrizione all'accademia ufficiali sulla scrivania. Quando Russo l'aveva visto era stato preso da uno strano miscuglio di emozioni. Orgoglio, naturalmente. Paura. Era raro che gli uomini del Gruppo interventi speciali raccontassero della loro appartenenza a quel nucleo d'élite. Erano in pochi a saperlo. Amici, parenti e soprattutto figli, almeno fino a una certa età, li consideravano normali carabinieri, ed era meglio cosí. Il sottotenente Russo, vedendo il modulo, aveva deciso che era giunto il momento di mostrare il Mephisto alla figlia. Di dirle cosa significava la scelta che stava per intraprendere. L'avrebbe fatto con delicatezza, senza spingere in un senso o nell'altro, ma voleva che lei fosse consapevole dei rischi cui andava incontro. Per questo era contento, mentre il pilota segnalava meno di un minuto al punto d'ingaggio. La storia della ragazzina era praticamente finita e il giorno dopo lui sarebbe tornato a casa per parlare con Marisa. E chi lo sa, pensò controllando che i moschettoni scivolassero bene, magari un giorno sarebbe dovuto scattare sull'attenti proprio di fronte alla figlia.

Che tempi assurdi.

L'elicottero si fermò in *hoovering* a circa sette metri dal suolo. I cinque uomini iniziarono la calata. Toccarono terra in pochi secondi. E avanzarono.

Dora fu svegliata da un rumore. Le girava la testa. Aveva la febbre, ormai non c'erano dubbi. Una febbre cattiva. Di nuovo quel rumore. Passi. Ovattati. Gert, pensò. Afferrò il coltello multilama e si preparò.

Quando gli uomini con le torce sbucarono dall'oscurità Dora scoppiò in lacrime.

Era libera.

Ne vuoi un pezzo?

Furono le grida a resuscitare Martini dal sonno agitato in cui era piombato. Fra tutte, la voce piú stentorea apparteneva capitano Orlandi. La stazione di San Candido era nel caos. Orlandi stava ordinando a Terlizzi di riportare Gert nella sala interrogatori. Era ora di smetterla con quella pagliacciata.

Baldini insisteva che in assenza dell'avvocato non se ne parlava nemmeno. Terlizzi restava rigido senza sapere che fare. Manca Fanti, pensò Martini osservando la scena dalla porta dell'ufficio scartoffie: il grande mediatore avrebbe saputo come riportare la pace. Ma Fanti era in ospedale.

– Lei! – fece Orlandi indicando Martini, mentre Terlizzi si avviava verso le celle di sicurezza e Baldini batteva in ritirata. Mancò poco che Orlandi spintonasse il collega. Chiuse la porta dell'ufficio *s* sbattendola.

– È finito, mi ha capito? Finito. Lei ha dato ordine al dottor Tamanin di andare ad analizzare un maso in località Wieserhof?

– No, capitano, – rispose Martini. – Io ho solo fatto da tramite. L'ordine è stato suo.

– Io non ho dato nessun ordine.

– Se permette, – fece Viktor afferrando una fotocopia e mostrandola al comandante della stazione, – qui c'è la prova. È la sua firma, questa?

– Lei ha falsificato la mia firma?

– Dovrei sentirmi offeso, capitano. Ma capisco il momento. No, la firma è la sua. E mi dovrebbe anche ringraziare. Il dottor Tamanin ha dato in escandescenze quando gli ho fatto avere il suo ordine. Ho dovuto trattenerlo quasi fisicamente.

– Lei… lei…

– Le scartoffie, capitano, sono una fregatura, vero? Quanta roba ha firmato senza leggere da quando è cominciata questa storia?

Orlandi appallottolò la fotocopia, e colpí; era uno che andava in palestra tre volte a settimana e padroneggiava almeno due arti marziali. Il pugno prese Martini fra l'orecchio e lo zigomo, scaraventandolo contro la scrivania e aprendo una piccola ferita. Martini la tastò. A parte un filo di sangue, tutto okay.

– Ricambierò facendole avere una promozione. È stata un'ottima intuizione…

Il secondo pugno partí in ritardo. Martini lo schivò, afferrò Orlandi per la gola e gli piazzò la .45 ACP sotto il mento.

– Se vuole colpire qualcuno, – sibilò, – lo faccia con il massimo della forza. Lo stenda, altrimenti potrebbero essere guai.

Orlandi sentí le gambe tremare. Folle. Quell'uomo era folle.

Pericoloso per sé e per gli altri.

– Vuole spararmi?

– Voglio che si calmi. Deduco che Gert abbia mandato gli uomini del Gis a farsi una gita, giusto? Niente Dora?

La pistola restava incollata al mento del capitano Orlandi.

– Li ha spediti in quel maso maledetto. Hanno spaventato a morte Tamanin e i tecnici.

Martini sorrise.

– Questa è una grande, grande notizia. Stiamo iniziando a comunicare.

– Lei è pazzo.

Martini abbassò l'arma e la tese al capitano. Orlandi l'afferrò. Il caricatore non era inserito.

– Gliela regalo, – fece Viktor. – A me non serve.

– Dove pensa di andare?

– A procurarle la sua promozione. La vuole la bambina o no?

– Lei è sospeso.

– È proprio per questo che adesso manderà Terlizzi e gli altri a riposare. Si chiuderà nell'ufficio comando con Baldini per stordirlo di chiacchiere e cazzate mentre io darò ordine a Melan di portare al ristorante la dottoressa Pellegrini. Un ristorante lontano da qui –. Martini fissò Orlandi dritto negli occhi. – Dopodiché entrerò nella stanza interrogatori con Gert e spegnerò la telecamera.

Dopo un po' la bambina riprese i sensi.

– Sete.

Alto fischiò, e Basso, che lo precedeva di dieci metri, la carabina fra le braccia – un'altra, non quella irrimediabilmente sequestrata dai carabinieri che gli avevano rovinato la festa –, si fermò; sulla faccia gli si leggeva un grosso punto interrogativo. Erano entrambi stanchi. Anche se aveva smesso di piovere il temporale aveva reso i sentieri dei pantani su cui era difficile camminare, soprattutto con una tredicenne febbricitante in spalla. Inoltre, i due erano spaventati. Non lo davano a vedere perché si consideravano dei maschi alfa, ma entrambi sapevano di averla scampata bella. Per un pelo e anche meno. Avevano perso tempo. Troppo tempo. C'era da risolvere la faccenda di Gert. *Tutta* la faccenda di Gert.

Un casino che rischiava di ingoiarli e sputarli sotto forma di carne macinata.

– Sete, – ripeté la bambina.

– Ce la fai a stare in piedi, piccola?

– Non sono piccola.

Basso li raggiunse.

– Che succede?

– Dice che non è piccola.

Basso posò lo zaino a terra, per permettere ad Alto di sistemare Dora. Persino alla luce del tramonto, un piccolo squarcio rossastro alle loro spalle, risultava pallida. Alto appoggiò la borraccia sulle labbra della bambina. Dora chiuse gli occhi e bevve.

Quando ebbe finito, Alto la convinse a bere un altro po'.

– Dove sono gli elicotteri? – chiese la bambina.

– Elicotteri?

– Siete poliziotti?

– Squadra speciale, – rispose Alto, piú svelto a inventare storielle, proprio come al bar di San Candido. – In incognito.

La ragazzina li squadrò da capo a piedi.

– Non sembrate poliziotti.

– Allora il travestimento funziona.

– Dove stiamo andando?

– Da mamma e papà.

– Ti fa male il piede? Ti dispiace se diamo un'occhiata?

Dora sospirò e li lasciò fare. Alto rimase impassibile, a Basso sfuggí un'imprecazione.

– Fa male?

– Un po'.

Basso tirò fuori una scatola di metallo dalla tasca del giaccone, spezzò una pillola e la porse a Dora.

– Masticala piano.

Dora obbedí.

– Serviranno degli antibiotici. Ma questa per il momento ti farà bene.

– Come sta Gert?

– Gert è... – Alto si schiarí la gola. – È con un'altra unità. Lo stanno portando in prigione.

– In gabbia.

– Sí, come gli animali feroci.

Dora corrugò la fronte.

– Gli animali non devono stare in gabbia.

Basso la alzò con delicatezza e se la issò in spalla.

– Ti stai tenendo?

Dora sentiva ancora la testa girare; il sapore della pillola sulla lingua le dava la nausea.

– Okay, – disse semplicemente. – Però gli animali non vanno in gabbia.

– Quelli pericolosi, sí. Eccome, principessa.

Martini si piegò per staccare la spina alla telecamera. Quando si rialzò si ritrovò di fronte Melan.

– Non hai sentito gli ordini, recluta?

– Portare al ristorante la dottoressa Pellegrini?

– Ricordati la ricevuta.

Martini spinse Gert sulla sedia imbullonata. Niente fascette, ma manette di metallo. Tese la chiave della stanza al capitano senza guardarlo in faccia, e sparí nel corridoio.

Melan sgranò gli occhi.

– Viktor...

– Tutto a posto, recluta.

– Ha staccato la telecamera e...

Il viso di Viktor si trasformò. Il giovane carabiniere ripensò alle parole di Johnny Cash ascoltate sotto la Croda

Rossa con il gracchio nero che lo fissava. L'uomo che decideva chi liberare e chi condannare.

– Non vuoi assistere a un crimine, vero, recluta?

Un cicalio li immobilizzò. Basso posò la bambina a terra. Il cicalio si ripeté. Alto aprí lo zaino e prese il telefono satellitare. A entrambi tremavano le mani.

– Sí?

Silenzio.

– Sí.

Ancora silenzio.

– L'hanno arrestato, ma non...

Alto fu zittito da una voce che Basso non riuscí a interpretare.

– Noi, sí.

Basso cercò di pensare al nirvana. Assenza di desiderio. Come quando premeva il grilletto. In quel momento il nirvana era al di là delle sue possibilità. Sapeva chi c'era dall'altra parte del telefono, e non serviva guardare gli occhi smarriti di Alto per capire che le cose non si stavano mettendo bene. Il rischio era che nel giro di qualche ora di loro due non rimanessero che i cadaveri. Rabbrividí, anche se sapeva che c'era di peggio della morte.

– Lo capisco, però...

La voce di Alto si era fatta acuta, quasi femminea. In altri frangenti Basso gli avrebbe riservato una delle sue battute salaci. Non gliene venne in mente nessuna.

– Dove?

Alto sospirò, poi ebbe l'idea.

– È bionda, – disse. – È bionda.

Non ci fu risposta.

La comunicazione si interruppe.

– Bionda, – ripeté ancora una volta Alto.

Alto e Basso, per la prima volta da che Hannes aveva combinato quel casino, sentirono di avere una speranza.

– Sai che sapore ha una pistola? – esordí Martini. – Quando la metti in bocca sa di metallo, ovviamente, ma c'è altro. C'è il sapore delle lacrime. Del muco. È poco elegante, ma voglio essere sincero con te.

– Vuoi spararmi?

Martini afferrò le chiavi, liberò i polsi di Gert e gli si parò davanti, braccia e gambe larghe. – Non sono armato. Vuoi perquisirmi? Sai come si fa? Accomodati.

– È un trucco?

– Sono l'unica persona sincera che incontrerai nei prossimi anni. E probabilmente l'unica che tu abbia mai incontrato in vita tua.

– Negativo. Mio padre diceva che tutti mentono.

– Bel soggetto, tuo padre. Scommetto che anche la bottiglia, a un certo punto, ha lo stesso sapore della canna di una pistola.

Gert mostrò i polsi. C'erano delle cicatrici sbiadite.

– Anche gli spazzolini da denti. Basta fondere la plastica e avere pazienza.

– E tu sei uno paziente, vero Gert?

– Affermativo. Perché hai cercato di ucciderti, poliziotto?

– Viktor. Ho cercato di uccidermi, – rispose Martini, – perché ho commesso un errore. Come te.

Gert socchiuse gli occhi.

– Negativo, io non ho commesso nessun errore. Ti ho visto, sai? In televisione.

– Hai visto la mia faccia, poi hai visto la faccia di… – un uomo gentile, con gli occhiali da miope – … dello Squartatore di Testaccio.

A Gert si illuminarono gli occhi.

– Ho letto tutto su quella storia. Ho visto gli special in tv.

– Però il tuo serial killer preferito è Zodiac, giusto? *La preda piú pericolosa*. L'aveva scritto Zodiac in uno dei suoi messaggi, prendendolo da un libro di...

– Richard Connell. Affermativo.

– E tu l'hai trasformato in «l'animale piú pericoloso». La Resistenza invece è una... citazione? Libera interpretazione? Da Terry Gilliam.

Gert si esaltò.

– «MasterCard! Visa! La chiave per la felicità!» Bellissimo. *L'esercito delle 12 scimmie*. L'ho consigliato a Dora, ma non le è piaciuto per via delle scene con gli animali.

– Sapevi quale doveva essere la frase per il lancio del film? «Il futuro è nelle mani di un uomo che non ne ha».

Gert lo guardò di traverso.

– Poi l'hanno cambiata, per fortuna, – proseguí Martini.

Gert si umettò le labbra.

– Un uomo che non ne ha. Non ne ha...

Scoppiò a ridere.

– Ma certo, che stupidi. Cosí sarebbe sembrato che l'uomo fosse senza mani, invece...

– Invece era senza futuro. Come Dora. Se non l'aiuti, morirà.

Gert tornò a chiudersi.

– Negativo. Dora ha cibo. Acqua. Ho pensato a tutto. Non la troverete.

Martini ripensò allo scambio di battute che Gert aveva avuto con Orlandi. – E *loro*?

– Negativo. Non la troveranno –. Gert si portò le ginocchia al petto e iniziò a dondolarsi. – Loro non la troveranno. E nemmeno voi. Negativo.

– Perché?

– Non sanno.

Martini mostrò a Gert le foto del maso diroccato.

– Ma sanno di questo, vero? Perciò hai mandato le teste di cuoio al maso. Vuoi aiutare Dora. Perché una parte di te è consapevole di aver commesso un errore.

– Negativo.

– Tutti commettono errori. E io so qual è il tuo.

– Negativo.

Gert chiuse gli occhi, tagliandolo fuori. C'era un solo modo per uscire da quello stallo.

– Vuoi conoscere il mio errore, Gert? Partiamo da Sally.

La prima donna scomparve senza lasciare traccia. Era una ghanese di diciannove anni che batteva sulla Salaria. Ad accorgersi della sua sparizione fu don Fausto, un prete di strada. Don Fausto ne parlò ai carabinieri, i carabinieri interrogarono le altre ragazze, ma non ne ricavarono nulla. Di Sally nessuno seppe piú niente. La seconda e la terza fecero la stessa fine. La quarta fu ritrovata, smembrata in tre diversi sacchi neri, a largo Preneste. Il viso era sfigurato e il corpo portava segni di tortura. Le mani non c'erano. Il cadavere di una prostituta che aveva fatto arrabbiare qualche pappone; l'inchiesta si arenò. La quinta donna, come notarono alcuni cronisti, era bianca. Si chiamava Svetlana e veniva da Řitka, un paesino della Boemia Centrale. Ai genitori raccontava di un lavoro come parrucchiera. In realtà si esibiva in alcuni locali della capitale e saltuariamente si prostituiva. Lo faceva per aiutare Michail, un giovane serbo iscritto alla facoltà di Architettura dell'Università di Roma Tre, il suo fidanzato. Fu la denuncia di Michail a scatenare la caccia allo Squartatore. Michail era al corrente dell'attività della fidanzata ma, come disse a un appuntato dei carabinieri, che altro potevano fare? Anche Michail praticava la prostituzione di tanto in tanto. I due innamorati avevano dei progetti, non volevano vivere come topi per il resto della vita... cosí si erano arrangiati. Svetlana venne ritrovata, quattro settimane dopo, in un'auto abbandonata nei campi incolti che circondavano l'aeroporto di Ciampino. Era stata violentata e torturata per circa una settimana prima di essere uccisa e gettata lí. Come un rifiuto. La notizia fece scalpore. Venne istituita una task force.

A fare il nome di Viktor fu il generale Leoni. Voleva, spiegò al responsabile della squadra speciale romana, che quel capitano di primo pelo vedesse un po' di azione, prima di tornare sotto il suo comando. Viktor di azione ne vide poca, a Roma non era nessuno. *Heidi*, lo chiamavano i colleghi. Heidi con la fissa dei verbali.

E Heidi, dai verbali, riuscí a tirare fuori i dettagli che, pian piano, gli permisero di capire in quale zona lo Squartatore adocchiasse le sue prede. Solo che nessuno aveva tempo per uno come lui. C'era troppo da fare per perdersi dietro alle sue teorie. Inoltre Heidi non stava simpatico a nessuno. Non usciva mai, non dava confidenza, se ne andava in giro con quello sguardo allucinato e impartiva ordini senza senso. Se ne tornasse da dove era venuto.

Nel frattempo, nonostante i turni massacranti, nonostante ore e ore passate a setacciare indizi, testimonianze e testimoni, le vittime aumentavano. La stampa, la tv, Twitter, Facebook e il ministro degli Interni non facevano che aggiungere pressione alla pressione. Heidi insisteva, inascoltato.

Fu allora che perse la testa? Qualcuno diceva di sí, ma era gente che non era stata nella task force. Altri dissero che fu per quanto accadde dopo.

Quando lo Squartatore prese Tanja.

– Non si può essere invisibili, giusto Gert? Nessuno è invisibile. Eppure quell'uomo era invisibile. Ma le sue vittime non lo erano. Cosí, per trovare lui, partii da loro. Cercavo connessioni e zone morte. Svetlana voleva una vita normale, quindi pensai: dove non si sarebbe mai prostituita una come lei? Dove poteva fingere di avere la vita che sognava? E Nadia? Dove andava Nadia quando fingeva di essere un'altra persona?

– Nadia?

– L'ottava vittima, anche lei una prostituta. Era nata a Abuja, la capitale della Nigeria, e diceva di essere un'attrice. Nadia aveva dei sogni. Li leggevo fra le righe degli interrogatori delle prostitute che la conoscevano e dei papponi. *Mai vista, solo un'amica. Che t'importa che fine ha fatto?* Ma fra le righe, ecco emergere la vera Nadia. Connessioni. Una vita intrecciata ad altre vite. Una vita vera e una finta. Non fingiamo tutti, Gert? Tu fingevi di essere un fuorilegge. Dora finge di essere piú grande della sua età. Nadia fingeva di essere un'attrice di belle speranze.

Viktor prese fiato.

– Fingeva anche Tanja, che era sparita da dieci giorni e di cui ancora non avevamo rinvenuto il corpo. Fra le cose requisite nella roulotte dove viveva c'erano i libri di un corso d'italiano e un piccolo quaderno. Scriveva poesie. Cosí... *Testaccio.*

– Cos'è?

– Un quartiere di Roma frequentato da giovani universitari, intellettuali, e da quelli che vorrebbero esserlo. Svetlana ci andava a passeggio quando Michail doveva dare un esame; Sara, la terza vittima, ci seguiva un corso di cucina gratuito; Nadia , un laboratorio di teatro. La scuola in cui

Tanja prendeva lezioni di italiano era poco distante. Le connessioni si intrecciavano lí.

– Il ragno si era nascosto in bella vista.

– Non lui, – fece Martini. – Perché era lei a buttare le immondizie, ed era lei a trovare le ragazze. La zona morta era la madre dello Squartatore.

La madre dello Squartatore possedeva un locale, il *Pretty Reckless*. Birra, alcolici, tavolini all'aperto. Niente droga; se qualcuno provava a spacciare nel suo locale, veniva subito denunciato. Le canne erano tollerate, ma niente di piú.

La donna fu ascoltata da un appuntato. Un interrogatorio piuttosto approssimativo. Uno dei tanti, dopotutto, ordinati da Heidi che viene dai monti. Uno che non conosceva Roma e che quindi non sapeva niente della vita. Un serial killer a Testaccio? Solo a un sudtirolese poteva venire un'idea del genere.

La donna era stata cortese e precisa. Non era la prima volta che parlava con un carabiniere e non era né preoccupata né spaventata. Ricordava di aver visto, sí, la povera ragazza il cui viso riempiva la foto che l'appuntato le stava mostrando, ma di non aver notato nulla di sospetto, al tempo. Aveva ordinato un Aperol e le era sembrata felice. Tutto qui. La foto era quella di Svetlana.

«Magari Svetlana era una cliente abituale che ordinava sempre la stessa cosa», rifletté il responsabile della task force.

«Con tutto il rispetto, non sono d'accordo. Quella donna non esita a denunciare spacciatori e teppisti. Ventidue denunce da parte sua negli ultimi tre anni», fu la replica di Martini.

«È una brava cittadina, e allora?»

«Se Svetlana fosse stata una cliente abituale, quella brava cittadina sarebbe corsa da noi non appena è stata rilasciata la foto della ragazza alla stampa, non le pare?»

«Quindi non la conosceva cosí bene da poterla definire una cliente abituale. È questo che mi sta dicendo?»

«Lei si ricorderebbe cosa ha ordinato un'emerita sconosciuta incontrata *tredici mesi fa*?»

Il capo della task force fece schioccare la lingua.

«Non ha altro da fare, Martini?»

La notte seguente Martini, senza alcun mandato, si intrufolò negli scantinati sotto il *Pretty Reckless*. Una specie di enorme magazzino con i tubi in bella vista dove proliferavano i ratti. C'erano dei ganci appesi a quei tubi. I ratti piú grossi e aggressivi si arrampicavano fin lassú in cerca di carne: i pezzi mancanti delle vittime. Lo Squartatore lo trovava divertente. Scendendo le scale Viktor sentí le urla, perché lo Squartatore voleva che lui le sentisse. Estrasse la Cougar .45 ACP, perché lo Squartatore voleva che si presentasse armato. Forse perché nessuno poteva reggere l'invisibilità in eterno.

«Cosí sei arrivato».

Tanja era coperta di piaghe, irriconoscibile. Mugolava. L'uomo le premeva il coltello fra le costole, metà della lama era già dentro la carne e dalle narici della ragazza uscivano bolle rossastre. I ratti le vorticavano intorno come impazziti. Fu allora che l'uomo con gli occhiali da miope e l'aria mite da ragioniere pose a Martini una domanda che mai piú si sarebbe cancellata dalla sua memoria.

«Ne vuoi un pezzo?»

«Voglio, – rispose Martini. – Voglio che la lasci andare. Che...»

«È mia. Ma se vuoi posso dartene un pezzo».

«Non è tua».

«Ho pagato, – fece l'uomo, indignato. – Pa-ga-to. È mia e non puoi prendertela».

Martini mise il colpo in canna.

«A terra».

Lo Squartatore affondò il coltello fino all'elsa, Tanja rovesciò gli occhi e lo Squartatore la lasciò andare. Quando la testa della ragazza toccò il pavimento Martini sparò. Il .45 ACP colpí lo Squartatore alla spalla, spezzandogli la clavicola e facendogli fare una piroetta. Martini controllò il battito. Era buono. La ragazza, invece, stava morendo. Il cellulare non aveva campo. Martini ammanettò lo Squartatore a un tubo poco distante, infilò la pistola nella fondina, sollevò la ragazza e la prese in braccio. I ratti si stavano già avvicinando, famelici. Il piú aggressivo si alzò sulle zampe e sibilò. Martini lo scalciò e si lanciò verso le scale. Poteva sentire i bassi provenire dalle casse del *Pretty Reckless* sopra di lui, l'odore di sesso e alcol del venerdí sera. E quello del sangue della ragazza fra le sue braccia. Accecato dall'orrore, pensò di poterla salvare e non vide la donna che si ricordava dell'Aperol, la madre dello Squartatore, a gambe larghe che gli puntava contro una pistola. Lo costrinse ad arretrare. Martini ordinò alla donna di gettare l'arma e lei rise indicando la ragazza morente.

«Non è roba tua. La vuoi? Devi comprarla. E il suo prezzo è alto. Molto alto».

– Tanja. Mi ero fatto tradurre le sue poesie, erano brevi e bellissime. Si spense fra le mie braccia. Poi toccò allo Squartatore. La madre mi costrinse a guardarlo mentre moriva dissanguato. Sfilò le chiavi delle manette dalle mie tasche e si ammanettò al cadavere del figlio. «Adesso puoi portare fuori la spazzatura», disse. E si sparò. Mi trascinai per il locale, con Tanja fra le braccia, in mezzo alla gente che ballava, rideva. Non mi vedevano. Zona morta. Ero diventato invisibile.

– Negativo. Nessuno è invisibile.

– Per un po' lo sono stato. Poi una ragazza ha gridato. Un tizio mi è saltato addosso e... – Martini scosse la testa. – E qui finisce la storia dello Squartatore.

– Negativo. L'errore. Hai detto di aver fatto un errore. Quale?

– Quando Tanja è morta avrei potuto lasciarla cadere a terra, afferrare la donna, disarmarla e salvare lei e lo Squartatore. Ma non l'ho fatto.

– Volevi vendetta. Ucciderli. Negativo, – fece Gert trionfante. – Non è un errore.

– Non l'ho fatto per quello, – Martini sospirò. – I ratti non avevano pagato per Tanja, pensavo. Non gliel'avrei lasciata. Non facevo che pensare ai ratti. Era... mia. Non loro.

– Cosí hai, – scandí Gert: – ... pa-ga-to.

Martini sentí di nuovo il sapore della pistola. Si portò la mano sul viso.

– Viktor? – Gert lo sfiorò. – Tanja scriveva poesie. Ne ricordi una?

– La piú triste.

– Cosa diceva?

– *Il lutto*, – recitò Martini, – *è amore che non può piú tornare a casa.*

Gli occhi di Gert si riempirono di lacrime.

– Qual è il mio errore? Cos'ho sbagliato?

Pericoloso per sé e per gli altri

Quando Russo era piombato al maso, i tecnici del nucleo scientifico erano intenti ad analizzare il piano terra, con la *Stube* antica e le tracce degli incendi. L'irruzione dei Gis aveva creato un po' di trambusto, e il dottor Tamanin e i suoi si erano presi un bello spavento. Che diavolo ci facevano lí le teste di cuoio? Il soggetto aveva dato loro una falsa indicazione, spiegò il sottotenente Russo, furibondo. Niente bambini prigionieri, gli aveva assicurato il dottore, solo la carcassa di un cane al piano rialzato. Russo non sembrava interessato a quei dettagli. Aveva fatto rapporto a Orlandi, aveva stretto la mano al dottor Tamanin, era risalito sull'elicottero ed era sparito all'orizzonte.

La disposizione di analizzare l'edificio puzzava di fregatura, aveva pensato Tamanin, valutando il da farsi. Sul foglio d'ordine c'era la firma di Orlandi, ma il capo della scientifica era convinto che Martini avesse usato qualche escamotage. L'arrivo dei ragazzi del Gis, ignari della loro presenza lassú, gliene aveva dato conferma. Una volta rimasto solo, Tamanin decise comunque di non abbandonare la scena. Sindrome del controllo, come diceva la sua ex moglie. E allora? Aveva ragione.

Diede istruzione ai suoi di passare al piano superiore. Detestava lasciare un lavoro a metà.

L'aria della sala interrogatori era spessa e viscida. Come in una palude. O un magazzino pieno di ratti. Martini, dopo aver raccontato quanto accaduto a Roma, sembrava invecchiato di dieci anni. Le borse sotto gli occhi si erano fatte piú scure, il suo viso scavato era quasi un teschio.

Ripeté mentalmente la poesia di Tanja, e questo lo aiutò a ricordarsi che aveva un compito. Uno scopo. Mise a fuoco il viso di Gert.

Mostrò lo schermo del telefonino al prigioniero: lo spiazzo erboso sotto la Croda Rossa.

– Riconosci questo posto?

– Affermativo.

– Ci sei stato con Hannes?

– Come... – Gert batté le palpebre. – Come lo sai?

– Connessioni. Ho letto le chat fra te e Dora. È stato scortese da parte mia, ma è il mio lavoro. Negli ultimi mesi chattavi con lei quasi tutte le notti.

– Affermativo.

– Però alle volte non ti collegavi e Dora restava ad aspettarti, invano. Sai che le chat riportano l'ora, giusto?

– Affermativo.

Per Martini quell'ammissione cosí candida fu un tuffo al cuore. Provava pietà per Gert. Per l'errore che aveva commesso. Ma non era ancora il momento di scoprire le carte. C'era la faccenda del maso. Come aveva detto a Orlandi, se Gert aveva mandato lí gli uomini del Gis significava che voleva comunicare con loro. Doveva approfittarne. Ma se Gert si fosse sentito minacciato...

– Erano le notti in cui andavi in giro con Hannes. Con il Renault. Hannes non era furbo come pensava.

– Diceva che saremmo stati invisibili.

– Nessuno è invisibile, Gert.

– Come?

– Hannes, – spiegò Viktor, – non spegneva il Gps del navigatore, staccava solo il collegamento del localizzatore satellitare con la centrale di sicurezza del parco. Perciò il Gps ha registrato tutti i dati. Ho visto quei posti, Gert. E non c'era niente di niente. Tranne in uno. Wieserhof, il maso diroccato in cui hai mandato le teste di cuoio.

Gert scosse la testa. Martini notò che gli tremavano le mani e gli mostrò la foto del maso per aumentare la pressione.

– Hai detto al capitano Orlandi che Dora si trovava qui. Perché?

– Occhi. Nel buio.

– Gli occhi nel buio sono… *loro*?

– Loro, – fece Gert, sprezzante, – non sono niente.

Viktor provò a scalfire la corazza di Gert attaccando da un'altra angolatura. – Hai sparato a Hannes con una 1911, una pistola. Non con un fucile. Era di Hannes la pistola?

– La tenevo io. A casa, – un guizzo nello sguardo di Gert. – Diceva che ogni tanto quelli della legge andavano a rompergli le scatole. Cosí gliela tenevo io.

– Hannes aveva dei fucili?

Gert esplose in una risata.

– Negativo. Su dieci bottiglie, Hannes ne prendeva due. Non sapeva sparare. No, niente fucili.

Martini sentí una goccia di sudore colargli dalla tempia e lambire la ferita che gli aveva procurato Orlandi. Bruciava. Il dolore andava bene. Lo manteneva lucido.

– Loro usano fucili, giusto? Sono stati loro a colpire Hannes. Tu gli hai dato… il colpo di grazia.

E noi, pensò Viktor, li abbiamo lasciati andare. I due maledetti bracconieri eroi.

– L'ho protetto.

– Da loro.

Gert piegò la testa di lato.

– Capitano. Poi maggiore. Colonnello. Generale…

– Gerarchie, – tradusse Viktor. – C'è qualcuno sopra di *loro*, vero? Tu hai protetto Hannes. Non da loro, ma da quelli che comandano. Hai mandato gli uomini del Gis nel maso per uno scopo.

– Affermativo. Fornire prove.

Il cuore di Martini si spezzò. Gert, che diavolo hai combinato? Gli fece vedere due immagini scattate dagli uomini del Gis.

– Questi erano gli amici di Hannes, vero? Questi sono «loro».

– Alto e Basso, – Gert sorrise. – In gabbia. Con le prove del maso non escono piú.

Martini lasciò lo smartphone sul tavolo rivestito di formica.

– Sono stati rilasciati. Ore fa.

Gert strabuzzò gli occhi.

– Rilasciati?

– Possesso illegale di arma da fuoco. Nient'altro. Non c'erano gli estremi per un fermo.

– Sono là fuori?

– Stanno cercando Dora. Forse l'hanno già presa.

– Negativo. Negativo. Loro non sanno di Dora. Dora è al sicuro.

Martini si appoggiò allo schienale della sedia dura e scomoda. Stanco. Erano arrivati al punto. Colpire. Fare male.

– Ricordi quando sei intervenuto per quel guasto elettrico al parco-zoo? Senza di te sarebbe andato tutto a fuoco.

Gert annuí, diffidente.

– Era il 30 maggio.

– Affermativo.

– Ricordi l'ora?

– Ventuno e venticinque. Ho sentito uno strano odore.

– Come fai a essere cosí preciso?

– Perché ho salutato Dora e chiuso la chat. Dora ha scritto «a dopo».

Martini gli mostrò la schermata della chat.

– Alle ventuno e trenta qualcuno ha aperto la chat che condividevi con Dora. Solo una persona poteva farlo: Hannes.

Gert scosse la testa.

– Negativo. Impossibile.

– Hannes sapeva di Dora. Ho controllato. Non era la prima volta che leggeva le vostre conversazioni.

– Impossibile. Negativo.

– Tu conoscevi bene Hannes –. Martini affondò il colpo. – Secondo te potrebbe aver parlato di Dora con Alto e Basso? Quei due non sono schedati. Non sono segnalati. Sono bravi in ciò che fanno. Secondo te Alto e Basso conoscono le montagne come tuo padre? Possono aver capito dove hai nascosto Dora?

– Negativo. Negativo.

– Tutti lasciano tracce. Per questo stavano per catturarti. Tu non sei invisibile, non lo sei. Io ti vedo. Dora ti vedeva. Parlava con te, ti raccontava i suoi segreti, ti ha raccontato della lince. Ti voleva bene e non puoi voler bene a qualcosa che non vedi, Gert.

Gert si bloccò. La bocca spalancata. Alto e Basso conoscevano le montagne. Alto e Basso conoscevano i trucchi. Le trappole. Le false piste. Loro…

Gert iniziò a piangere.

– Hannes aveva detto che gli dispiaceva. Che per lui…

«... Sei come un fratello per me, Gert». Hannes gli aveva sfregato i capelli. Lo faceva sempre e di solito a Gert quel gesto dava fastidio. Quel pomeriggio, invece, gli aveva fatto venire i lucciconi. «Ma è solo una vacanza, giusto?»

«Affermativo. Un po' di tempo».

«E non vuoi dirmi, – aveva chiesto Hannes, – dove vai?»

«Negativo. È un segreto».

Hannes aveva allargato le braccia. «Segreti fra di noi?»

«Solo uno, – aveva risposto Gert. – Piccolo».

«E va bene. Vieni qui».

Hannes aveva abbracciato Gert e Gert aveva sentito l'odore del proprio sudore mescolato a quello del dopobarba dozzinale dell'amico. Tutt'intorno il rumore del vento, gli alberi, il prato. Il Renault, vuoto, con cui Hannes gli aveva dato un passaggio.

Prima di dirsi addio Gert aveva tirato fuori la pistola dallo zaino e l'aveva allungata a Hannes.

«Questa è tua. Per sicurezza».

«Finirei per spararmi su un piede. Tienila. Non si sa mai».

Gert l'aveva nascosta fra schiena e pantalone. Hannes gli aveva fatto l'occhiolino chiudendo la portiera del passeggero e rimettendosi al volante. Era stato allora che Gert aveva visto Alto e Basso che stavano per fare fuoco. Si era gettato a terra e aveva sentito Hannes urlare.

Se urlano, aveva detto suo padre, vuol dire che sono vivi. Gert era schizzato verso la macchia di pino mugo. Se sono vivi e urlano vuol dire che stanno bene. Gert aveva tolto la sicura dalla pistola. Sono quelli che non urlano che hanno bisogno di cure. Quelli stanno morendo. Gert aveva raggiunto la macchia e aveva visto i due, nascosti dietro al masso. Probabilmente erano lí da ore ad aspettarli.

Non se ne era chiesto il motivo. Aveva calcolato la distanza. Con la pistola non sarebbe mai riuscito a colpirli. Neppure suo padre ci sarebbe riuscito: ogni lavoro ha il suo strumento, diceva sempre. E da quella distanza aveva bisogno di un fucile.

Hannes era sceso dal Renault, le mani sulla pancia, lordo di sangue.

Camminava come uno zombie, verso di lui. «Gert... Gert...»

Gert non si era mosso. Hannes era caduto in ginocchio rantolando il suo nome. Gert aveva chiuso gli occhi e si era tappato le orecchie. Non voleva vedere, non voleva sentire. Perché Alto e Basso non sparavano? Hannes invocava aiuto. Gert aveva pensato a tutte le volte in cui Hannes era stato volgare, e in cui gli toccava coprirlo con i superiori. Alle battute oscene che faceva alla donna delle pulizie. E alla sera in cui l'aveva trascinato in un bordello dove lui se ne era rimasto per mezz'ora a fissare il vuoto mentre una prostituta si limava le unghie e parlava al telefono. Hannes era suo amico? Affermativo. No. Negativo. Era colpa sua se aveva visto gli occhi nel buio.

E il maso.

«Per favore, Gert».

Hannes era arrivato al nascondiglio tra i pini. Soffriva. Gert aveva ripensato ai momenti belli fra loro. Hannes gli aveva insegnato a guardare i film dal computer dell'ufficio, l'ascoltava quando parlava della natura che stava morendo e di suo padre. Nessuno l'aveva mai ascoltato parlare di suo padre. Hannes gli aveva detto che doveva fregarsene di suo padre. Prendere il buono che gli aveva insegnato e mollare il resto. Non si può scegliere la famiglia in cui si nasce, giusto? Però era colpa di Hannes se Gert... Affermativo, Hannes meritava di morire. Negativo, Hannes non meritava gli occhi nel buio. Entrambi capirono che se Basso e Alto non avevano sparato per uccidere significava che li volevano vivi. Se li volevano vivi era perché li volevano catturare.

E c'erano cose peggiori della morte.

Gert aveva abbracciato Hannes, gli aveva puntato la pistola alla tempia e si era protetto il viso con la manica della giacca.

«Scusa, Gert», aveva mormorato Hannes.

«Per cosa?»

«E grazie. Per questo».

Gert aveva sparato.

La voce della dottoressa De Carli lo chiamò, tremante. La voce della dottoressa De Carli non tremava mai.

– Dottore?

Prima di vedere cosa celava la terza stanza il dottor Tamanin non aveva mai creduto alla leggenda secondo cui esisterebbe un limite agli orrori cui un uomo può assistere, una roba da poliziesco, un'invenzione. Gran parte dell'orrore che gli era passato davanti durante la carriera si poteva racchiudere in quattro categorie. Incidenti stradali, overdose, suicidi e, in misura minore, omicidi.

Tamanin aveva imparato a passare sopra il disgusto e la pietà sin dai primi anni di servizio. Il disgusto era istintivo, inevitabile. La pietà andava trasformata in rispetto. Rispetto per la vittima, per i parenti, e per la propria professione. Rispetto significava distacco. Distacco era: inchiodare il bastardo.

– Dottore? *La prego…*

Lo sparo aveva colto Alto e Basso di sorpresa. Avevano scelto la zona Geiger per l'appuntamento con Hannes perché sapevano che si sarebbe portato dietro il mentecatto. Era perfetto, visto che dovevano eliminare entrambi. Però sapevano quanto Gert fosse bravo con la pistola.

La zona Geiger, con il masso erratico a meno di duecento metri da dove Hannes era abituato a parcheggiare il Renault, garantiva loro la massima protezione non solo alla vista, ma anche dalla portata della 1911. Al contrario di quello che Gert aveva pensato, Alto aveva sparato non perché li volesse vivi, ma perché voleva che Hannes urlasse. Le urla avrebbero dovuto mandare su di giri il mentecatto e cosí era stato. Gert era schizzato verso la macchia di pino mugo e si era gettato a terra. Pura reazione animale. Le urla sarebbero proseguite, il mentecatto si sarebbe fatto prendere dal panico, avrebbe scaricato tutti i proiettili della 1911 e il gioco sarebbe finito.

Però qualcosa era andato storto. Gert non aveva aperto il fuoco se non un'unica volta.

«L'ha ucciso», aveva detto Alto, incredulo.

«Impossibile».

«Ha ucciso Hannes. Ho visto il sangue schizzare».

Alto e Basso avevano la potenza di fuoco, ma da dove si trovavano non potevano vedere Gert. Lui forse poteva farlo, ma la sua arma non poteva colpirli con la dovuta precisione e aveva poche munizioni. E Gert non aveva una via di fuga. Dietro di lui c'era un salto di ottanta metri. Stallo.

Alto e Basso avevano aspettato come durante la caccia con l'esca in inverno. Prendi una balla di fieno, la metti in uno spiazzo e attendi che la fame dei cervi o dei daini faccia il resto. L'unica cosa che devi fare è saper aspettare. Alto e Basso erano dei campioni in questa disciplina.

La notte era passata. Era giunta l'alba. Il camion avrebbe attirato l'attenzione. Alto e Basso avevano iniziato a innervosirsi. Fu Alto a decidere.

«Tu mi copri e io avanzo».

Basso aveva annuito.

Alto aveva strisciato, contando i metri. Quando era entrato nel raggio d'azione della 1911 aveva cominciato a contare i respiri. Ognuno poteva essere l'ultimo. Aveva continuato a strisciare fra i pini bassi e contorti, perché sapeva che non aveva altra scelta. Hannes aveva fatto una cazzata e toccava a loro mettere le cose a posto. Al settantaduesimo respiro Alto aveva trovato il cadavere di Hannes. Di Gert non c'era traccia. Aveva alzato la mano e lanciato un richiamo a Basso.

«Resta lí».

Poi aveva seguito le impronte di Gert e aveva capito.

«Figlio di buona donna».

Gert, in qualche modo, era riuscito a scendere giú per il burrone e scappare. D'altronde, come gli aveva detto Hannes, di suo padre Gert poteva buttare le cose peggiori e tenere gli insegnamenti buoni: sparare, costruire trappole, *scalare*.

«Ci ha fatto fessi», aveva concluso, Basso.

«Per ora».

«Quanto vantaggio ha?»

«Che importa? – aveva detto Alto. – Sappiamo cos'ha in mente, no?»

«L'amichetta. E poi?»

«E poi speriamo di non essere noi a sparire».

La dottoressa De Carli aveva ancora in mano l'erogatore di Luminol. Nessun cane poteva aver perso tutto quel sangue. Il sangue portava a un armadio a muro, e il cadavere nell'armadio era il motivo per cui il cane era morto: inalazioni tossiche. Povera bestia, doveva aver sofferto le pene dell'inferno.

Proprio come il cadavere che l'acido aveva cercato maldestramente di celare. No, non acido, pensò Tamanin. Se fosse stato usato l'acido del cadavere avrebbero trovato molto meno.

Soluzione basica, pensò il capo della scientifica, non acida.

Basica, come quella del Renault.

Il cadavere era di una donna. A un primo esame, minorenne. Il cranio presentava numerose fratture, la pelle e la carne erano sciolte ma aveva ancora dei capelli attaccati, sopravvissuti per miracolo all'azione della soluzione. Braccia spezzate, mani spezzate. La mente che aveva ridotto quel cadavere in simili condizioni non poteva essere umana, pensò Tamanin. Nessun essere umano avrebbe mai...

– Dottore?

La De Carli ci mise un po' a ottenere la sua attenzione.

– Cosa?

– Avverto Orlandi?

Tamanin scosse la testa.

– Vada a prendere un po' d'aria, dottoressa.

La De Carli fu ben felice di assecondarlo.

Tamanin scattò un paio di foto al cadavere. Le allegò a una e-mail di poche righe che inviò a Martini.

Gert lasciò andare un gemito, lungo e straziante, che aveva il sapore del ferro e delle lacrime. Mentre il gemito si trasformava in una serie di singhiozzi soffocati arrivò l'e-mail dal dottor Tamanin.

Martini capí. Finalmente le connessioni lo portarono dritto nella zona morta. L'invisibile osceno attorno a cui ruotava tutta quella storia. La dinamica insensata della sparatoria. Gli occhi nel buio. Gert e Hannes: non ragni, ma mosche. Alto e Basso che obbediscono agli ordini perché, come gli aveva fatto capire Gert, anche il male possiede una gerarchia. Al vertice: la zona morta. A cui Alto e Basso stavano per offrire Dora.

Pa-ga-to. Cantilenò la voce dello Squartatore. *Pa-ga-to.* Disse Svetlana. *Pa-ga-to.* Cantò Sally. *Pa-ga-to.* Pianse Sara. *Pa-ga-to.* Urlò Tanja.

Martini non disse nulla. Guardò Gert. Prese una decisione. Folle. Afferrò il prigioniero per la spalla e lo costrinse ad alzarsi.

Pa-ga-to.

Pa-ga-to...

Melan apprezzava la compagnia femminile e, nonostante non fosse un adone, la compagnia femminile ricambiava. Però quello era il suo tempo libero. Non aveva mai portato a cena una donna per obbedire agli ordini di un superiore. Tanto piú una Pm. Era a disagio. Inoltre la Pellegrini era davvero bella. Quei capelli, quegli occhi. Melan, mentre mangiavano, doveva costringersi a non fissarla troppo a lungo. Sarebbe stato scortese. Ma il motivo per cui, malgrado l'appetito, il carabiniere scelto mangiò poco e niente era la frase con cui Viktor l'aveva congedato.

«Non vuoi assistere a un reato, vero, recluta?»

Il brigadiere Terlizzi, il primo giorno in cui erano stati affiancati, gli aveva fatto un discorsetto. Probabilmente quello che il brigadiere considerava *il* discorso da propinare ai nuovi arrivati come lui.

Questa divisa è sporca di sangue, gli aveva detto. Sangue di gente onesta che ha dato la vita per proteggere gli altri. Devi esserne fiero. Se guardi bene, però, c'è anche del fango. Ce l'hanno messo quelli che chiamano «mele marce». Io li chiamo uomini da niente. Ogni mattina, quando indossi questa divisa, pensa al sangue, pensa al fango e fatti una domanda. Sei un uomo da niente?

Da che aveva obbedito all'ordine del capitano Martini non faceva che pensarci. Stava sporcando di fango la divisa per cui un sacco di brave persone avevano dato la vita? Cosa stava facendo Martini al prigioniero? Lo stava interrogando a telecamere spente per metterlo piú a suo agio o lo stava massacrando di botte?

– Melan?

La dottoressa Pellegrini non aveva aperto bocca per tutta la durata della cena, troppo intenta a far fuori una porzione extra di gulasch e metà (forse piú della metà) del tagliere di benvenuto: speck, formaggi locali e gli immancabili cetriolini sott'aceto. Arrivata al dolce, panna cotta e frutti di bosco, finalmente sazia, si era resa conto del nervosismo del suo commensale. Non era un'ingenua. Nessun carabiniere scelto avrebbe mai osato invitare a cena una Pm, a meno che qualcuno non gliel'avesse suggerito. Un superiore, magari. Avevano alle spalle due giorni insonni o quasi, avevano mangiato poco e male. Un gesto di cortesia per interposta persona. Pensando agli strani modi del capitano Martini, quasi tenero. Però Melan era un po' troppo sulle spine.

– Sputa il rospo.

Orlandi rimirava la Beretta .45 ACP di Martini. Era riuscito a convincere Baldini a tornare a Bolzano per una dormita. Aveva sbraitato al telefono con il generale Leoni, cosa che gli aveva dato un gran gusto, raccontandogli per filo e per segno della pistola sotto il mento e dell'aggressione subita. Leoni aveva promesso che avrebbe preso provvedimenti, ma solo dopo che la ragazzina fosse tornata sana e salva fra le braccia dei genitori. L'ultima parola, aveva pensato Orlandi ringraziando e interrompendo la comunicazione, era sempre del piú alto in grado.

Orlandi si rendeva conto di aver stretto un patto implicito con Martini, ma sapeva anche che i vantaggi erano superiori agli svantaggi. Se Viktor avesse dato di matto e pestato il detenuto, uno psicotico che aveva rapito una minorenne, in quanti si sarebbero stracciati le vesti? Lui no di certo. Soprattutto non dopo la telefonata in cui aveva chiesto chiaro e tondo a Leoni che Martini fosse rispedito a casa, dichiarando di averlo esautorato dall'autorità che lo stesso generale gli aveva restituito. Gli aveva persino confiscato l'arma. Ci sarebbe stata un'inchiesta e lui avrebbe fatto buona impressione. Ne sarebbe venuto fuori immacolato. Se invece Martini fosse riuscito a spremere il prigioniero, con le buone o le cattive non faceva differenza, sarebbe stato il comandante delle operazioni, e cioè lui, a raccogliere i frutti di quel lavoro. Ancora una volta Orlandi avrebbe vinto. Certo, pensò a disagio, sempre che Martini non esagerasse. Controllò l'orologio. Cinquanta minuti. Sufficienti. Ripose la Beretta di Martini nella custodia, la infilò nel cassetto, lo chiuse a chiave, e si avviò verso la sala interrogatori. A metà strada incrociò la dottoressa Pellegrini e il carabiniere scelto Melan. La prima era livida di rabbia, il secondo era pallido come un fantasma.

– Lei lo sapeva? – lo aggredí la Pm.

– Sapevo cosa?

La Pellegrini gli indirizzò un'occhiata sprezzante. Raggiunse la porta della sala interrogatori e provò la maniglia. Non si apriva. Bussò senza ottenere risposta.

– Può aprirla?

– Dovrebbe essere aperta... – rispose Orlandi fingendosi meravigliato.

– Se è successo qualcosa al detenuto...

– Melan, la chiave, subito.

Il carabiniere volò giú per le scale: all'interno dell'armeria si trovava una bacheca con la copia di ogni chiave della centrale.

– Quanto a lei, dottoressa, sappia che prima di rivolgere delle accuse è meglio...

Melan tornò piú pallido di prima. – Capitano?

La Pellegrini gli strappò la chiave dalle mani.

– Capitano?

La stanza era vuota. Le manette sul tavolo, aperte.

– *Capitano!* – gridò Melan.

Orlandi e la Pellegrini si voltarono nella sua direzione.

– Lo Spas, signore, – mormorò Melan. – È sparito lo Spas dall'armeria.

Orlandi sbiancò.

La Pm guardò prima il carabiniere scelto, poi Orlandi.

– Che diavolo è uno Spas?

– Special Purpose Automatic Shotgun –. Fu il giovane carabiniere a rispondere alla dottoressa Pellegrini, meccanicamente, ripetendo una lezione imparata a memoria durante l'addestramento. – Franchi Spas-15, fucile a canna liscia calibro dodici. Modalità semiautomatica o a pompa. Praticamente un'arma da guerra, dottoressa.

Poi fu il caos.

Il centro non può reggere

– Piove.

La bambina se ne accorse per prima. Mostrò a Basso, che la portava sulle spalle, il palmo della mano su cui c'era una goccia d'acqua. Lui scostò lo sguardo. La mano della bambina era cosí piccola...

– Pausa, – disse Basso.

Alto lo guardò come fosse impazzito.

– Vuoi farli aspettare?

– La bambina si sta bagnando. E deve mangiare.

– Non è una gita.

Basso lo ignorò. Adagiò Dora a terra, le passò la mano sulla fronte.

– Ce la fai?

– Siete poliziotti strani, voi due.

Gli occhi gonfi, la fronte che scottava. La febbre era tornata a salire. Basso si arrischiò a darle una seconda dose di farmaco e Dora lo masticò senza lamentarsi. L'uomo le diede un po' d'acqua e una barretta di cioccolato maxi formato. La ragazzina bevve, poi si dedicò al cioccolato.

– Se riesci a farlo fuori tutto, piccola, nessuno ti sgriderà.

– Non sono piccola.

E invece lo sei, pensò Basso mordendosi le labbra. Per scacciare i rimorsi fece cenno ad Alto. Si spostarono di qualche metro, controllando sia la ragazzina che i dintorni.

– Quanto manca, secondo te?

– Perché mi fai questa domanda?

– Perché sono nervoso. Perché sono stanco. Perché, – sussurrò, – ho paura.

Basso sfilò una sigaretta arrotolata dal taschino, ma non l'accese. Non voleva che l'amico vedesse quanto gli stavano tremando le mani.

– Abbiamo scelta?

– Possiamo filarcela. Rinunciamo a tutto.

– E la ragazzina?

– La portiamo vicino a una baita. Usiamo il satellitare per avvertire qualcuno e ce la battiamo.

– Sai anche tu che non è possibile.

– Possiamo...

– E dove? – fece Alto esasperato. – Dove pensi che potremmo scappare?

– Quel cazzo di Hannes, – si limitò a dire Basso prima di indicare Dora. – Dobbiamo coprirla o si prenderà una polmonite.

– Dobbiamo *muoverci* o...

Basso sputò a terra e accese la sigaretta.

– Dammi la tua cerata.

Intabarrata nella cerata di Alto, Dora sembrava ancora piú piccola e fragile.

– Davvero volevi salvare quella lince?

– Vogliono fare una funivia, – rispose Dora, a cui la pillola stava facendo venire un gran sonno. – Dove ha i suoi cuccioli.

– E non pensi che la lince sappia badare da sola ai propri piccoli?

– Li vogliono mettere in gabbia.

– Cibo gratis.

Alto se la issò sulle spalle.

– Tanto lo so che non mi state portando dai miei genitori, – borbottò la bambina, febbricitante.

Fino al 2012, Alto e Basso erano stati semplici bracconieri. Poi, quell'anno, Alto incontrò un tizio dalla pancia prominente che si vantava di aver scalato, da giovane, il Civetta senza chiodi e corde.

Panzane a parte, il bellunese era stato una manna dal cielo. Aveva aumentato, e di parecchio, il volume dei loro affari. Nuovi ristoratori, nuovi albergatori, nuove macellerie. Nel 2014, il bellunese (che si faceva chiamare *il* Gino, con l'articolo) aveva riferito di una nuova opportunità che riguardava la loro zona. Si guadagnava bene e si faticava meno che a star dietro a un cervo, sempre con la paura di incappare nella guardia forestale. O di fare affari con qualcuno che, alla vista delle divise, se la faceva sotto e spifferava nomi e cognomi. Alto aveva rifiutato. Con garbo, perché non si morde mai la mano che ti dà da mangiare, ma lui con certa roba non voleva avere a che fare. Perché il Gino gli stava proponendo un affare di droga, che altro? Tuttavia aveva accettato il pezzo di carta che l'uomo gli aveva allungato: un numero di telefono.

Nel 2016, in un bordello austriaco, Alto e Basso avevano conosciuto Hannes. Sulle prime era stata una semplice chiacchierata, poi Hannes, mezzo brillo, si era vantato del Renault. Guidare quell'affare, aveva detto, non era mica roba da tutti. Era pericoloso. C'era da farsela sotto pensando a ciò che trasportava.

Il Renault, capí Alto, poteva essere l'ideale per riesumare quel vecchio numero di telefono e fare un po' di soldi. Anche se si trattava di droga. Iniziava a essere stanco della vita del bracconiere. Forse era arrivato il momento di fare un salto di qualità. Meno fatica, piú guadagno. Proprio come aveva detto il Gino.

Alla telefonata era seguito un appuntamento. A Bolzano, in un caffè di periferia, fra ragazzini che schiamazzavano e operai che guardavano l'hockey in televisione. Il tizio aveva detto di chiamarsi Stefano. L'uomo diceva: «materia prima». Materia prima da trasportare in modo sicuro da qui a lí. Quando Alto aveva sussurrato la parola magica «droga», Stefano era scoppiato a ridere.

Aveva per caso l'aria di uno spacciatore? O di un cretino? Solo i cretini si ficcavano in certi giri. La droga era un inferno: bisognava trovarla e per trovarla bisognava mettersi in affari con i sudamericani o i messicani, e per arrivare ai sudamericani e ai messicani, be', bisognava passare per la 'ndrangheta, la mafia, la camorra. E vogliamo parlare degli sbirri? Come dite voi altoatesini: *Nein, danke.*

C'era un'altra materia prima, aveva spiegato Stefano, economica e pressoché illimitata, che garantiva entrate sicure piú redditizie della cocaina e dell'eroina messe insieme. Un giro di «carne», di cui l'Europa intera si nutriva come un vecchio vampiro in cerca di sangue fresco. Alto aveva fatto per alzarsi. Stefano gli aveva mostrato una fotografia. Un ragazzino che galleggiava in mezzo al mare. Indossava una maglietta rossa. Sembrava un cadavere. *Era* un cadavere.

Alto l'aveva già vista in tv, era un'immagine famosa. Gli era venuto il magone.

– Muoiono perché vanno in mare. Ma questa non è gente di mare. Come te. E le barche su cui li mettono? Sono rottami. La via di terra, pur pericolosa, è piú sicura. Ma serve persone che conoscano le montagne. Da sud a nord.

– Per dove?

– Svezia, Germania, Francia. E se andrà bene la prima fase del nostro lavoro, raddoppieremo: da nord e da est verso sud. Italia, Spagna, Arabia Saudita. Ma a te che importa? Devi vederla come un'operazione umanitaria.

– Umanitaria?

– Stefano scrollò le spalle.

– Questa gente partirà comunque. Noi li aiutiamo a non morire nel tragitto.

– Facendoci pagare.

– Natale arriva solo una volta all'anno.

I carichi erano andati avanti per mesi. Dal 2016 al 2017. Quasi sempre bastava usare il Renault per andare da A a B. Nessuno ficcava mai il naso dentro quell'affare pieno di schifezze infettive. Ogni tanto usavano il furgone fino a un certo punto, poi superavano i valichi a piedi, tanto quei poveracci non si lamentavano mai; era gente di fatica, come Alto e Basso, e il Renault li andava a prendere in terra austriaca. Da lí proseguivano verso mete che, di volta in volta, gli venivano comunicate. Passavano il carico, ricevevano il denaro e se lo spartivano. Un mucchio di soldi. Basso si era fatto l'abbonamento a Sky.

Rischi pochi, in effetti, come Stefano aveva promesso. I confini piú presidiati erano quelli del mare, a sud. *Cento profughi intercettati, mille profughi fermati dalla marina, blocchi navali, respingimenti.* Non sempre, però, tutto filava liscio come l'olio. Ogni tanto qualche «pezzo di carne», come li chiamava Stefano, dava in escandescenze e bisognava fargli capire chi comandava.

Per questo Hannes gli aveva presentato Gert.

Il sottotenente Russo non poteva credere alle proprie orecchie.

– Sta scherzando, capitano?

– No.

– Mi sta chiedendo di usare la forza letale contro due fuggitivi?

– Fuggitivi armati e pericolosi.

– Martini è uno dei nostri.

Orlandi s'imporporò. Era lui il capitano, lui aveva l'autorità sulla faccenda. Se i media avessero saputo che il famoso eroe di Testaccio aveva agevolato l'evasione del principale sospettato del rapimento di Dora, lui, Leoni e tutti i presenti nella caserma di San Candido sarebbero stati passati al tritacarne.

– Martini *era* uno dei nostri.

– Capitano, – ribatté Russo, – come è riuscito, Martini, a far evadere il detenuto?

Orlandi scelse con cura le parole, consapevole che, dal vivavoce, il generale Leoni stava ascoltando, e forse persino registrando, quella conversazione.

– Ha chiesto un colloquio con il soggetto.

– Lo voleva interrogare?

– Un colloquio. Ho dato il mio placet, nonostante certe... divergenze di vedute fra me e lui.

– Martini ha staccato la videocamera.

– Evidentemente sí. Ma non potevo saperlo.

– Nella sala controllo non c'era nessuno?

– Forse non le è chiaro, sottotenente Russo, che si tratta di una situazione di emergenza, – puntualizzò Orlandi. – Il detenuto non ha fatto altro che delirare per ore, poi ci ha fornito un falso bersaglio, come lei ben sa, magari solo per prenderci in giro. Inoltre abbiamo ancora una bambina dispersa. Ogni uomo è prezioso per...

– Basta cosí, – proruppe la voce, stentorea del generale Leoni. – Datemi qualche minuto, e avrete i miei ordini. L'operazione passa sotto il mio comando.

Alto aveva subito capito che il tizio che Hannes gli aveva presentato non ci stava con la testa. Non faceva che passarsi i palmi delle mani sulla tuta da lavoro, identica a quella di Hannes, e aveva certi occhi che sembravano puntati piú all'intero che all'esterno.

«No, – aveva detto. – Non se ne parla. Di matti ne ho visti abbastanza».

Non pensava solo a sua madre, ma anche alla lunga lista di piccoli criminali, spacciatori, papponi, bracconieri, ragionieri e avvocatucci senza scrupoli, ristoratori affamati di denaro, macellai con sguardo da assassino, armaioli e collezionisti di animali in via d'estinzione, che aveva incontrato da quando era cominciato il suo sodalizio con Basso. Molti erano persone con cui si poteva lavorare senza temere (o senza temere *troppo*) una coltellata a tradimento, poi c'erano quelli come il tizio che Hannes aveva portato al loro incontro. Gente con gli occhi che guardavano dentro.

Alto, al contrario di Basso, non era nato in un paesino di montagna, ma a Bolzano, che con i suoi centomila abitanti era già una città. Nel cortile in cui era cresciuto c'era un ragazzo con gli occhi cosí. Un ciccione che si divertiva a torturare i gatti del vicinato. Ricordava come fosse ieri quando il ciccione era stato beccato da un agente della polizia municipale. Senza battere ciglio, quello psicopatico aveva conficcato lo stesso bastone acuminato con cui stava torturando un povero micio nella coscia dell'uomo. L'agente era caduto, e il ciccione, che all'epoca aveva quattordici anni, gli aveva sfilato la paletta per dirigere il traffico e aveva iniziato a colpirlo con la stessa placida espressione con cui, la mattina, salutava Alto quando si incrociavano per andare a scuola. O con cui faceva soffrire le povere bestie che avevano la sfortuna di finire tra le sue grinfie.

Occhi che guardavano dentro.

«Non abbiamo bisogno di te, mi spiace».

«Voi non avete bisogno di lui, – aveva puntualizzato Hannes. – Ma io sí. Guardate qui».

Dal Renault aveva tirato fuori un sacco dell'immondizia. Aveva posizionato dieci bottiglie vuote a trenta metri di distanza. Poi aveva passato la 1911 a Gert.

«Fagli vedere».

Nove centri. E il decimo, aveva pensato Alto, non l'aveva fatto solo perché quel tizio aveva paura di loro. Il mentecatto forse non era cosí mentecatto come sembrava. Probabile che avesse intuito qualcosa dei loro traffici. Hannes non poteva essere stato tanto idiota da avergli raccontato ogni dettaglio delle loro operazioni, però il mentecatto aveva abbastanza fiuto da non volerci entrare.

Questo lo tranquillizzò.

«Sentite, – aveva detto Hannes, con quel suo insopportabile modo di fare da bulletto, – l'ultima volta, quando quello stronzo ha rischiato di staccarmi la testa... Voi c'eravate, giusto?»

«C'eravamo».

Il calcio dei fucili aveva rimesso in riga il tizio.

«E ci sarete sempre? Potete assicurarmelo?»

Alto si era grattato la fronte. Basso aveva scalciato un pezzo di roccia.

«Garantisci tu per lui?»

«Certo».

«Sicuro che reggerà? Le cose stanno per cambiare. L'ha detto Stefano. Siamo stati promossi. Nuova merce, da sud a nord ma anche da nord a sud».

«Doppio guadagno?»

«Quadruplo».

Hannes batté la mano sulla spalla di Gert.

«Motivo in piú per avere un pistolero con me».

– Melan, tu fumi?

– No, dottoressa. Lei?

– Ho voglia di cominciare.

Il brigadiere Terlizzi, il viso bagnato dalla pioggia, unico fra i tre a non ripararsi sotto la tettoia della zona fumatori, allungò un pacchetto alla dottoressa.

– Nemmeno io, dottoressa. Ma le ho sempre con me.

Le passò anche un accendino.

– Come mai?

– Perché aiuta, nel nostro mestiere. Per attaccare discorso, mettere a proprio agio le persone.

La Pellegrini si infilò la sigaretta fra le labbra. Restituí il pacchetto al brigadiere.

– E qual è il nostro mestiere?

– Fare un po' di ordine.

Il vento continuava a spegnere la fiamma.

– Ci sono giorni in cui penso che non sia tanto diverso dal fare il netturbino, brigadiere. Prendiamo la spazzatura e la buttiamo nell'inceneritore.

Melan si avvicinò, con le mani a coppa.

– È stata colpa mia, dottoressa. Avrei dovuto capire che Vik... il capitano Martini...

La dottoressa aspirò. Il fumo le ferí prima il palato poi i polmoni. Tossí. Gettò la sigaretta a terra e la calpestò con rabbia.

– Cosa succederà adesso?

Fu Terlizzi a rispondere. – Il capitano Orlandi riferirà la situazione al generale Leoni. Leoni dovrà discuterne con i suoi superiori, a Roma. A Roma non crederanno alle loro orecchie e faranno quello che si fa sempre in questi casi.

– Cercare un capro espiatorio. Poi?

– Partirà la caccia all'uomo. Che altro dovrebbe succedere?

– E noi?

– Lei è credente, dottoressa? Perché non possiamo fare altro.

A bordo del Defender che procedeva a tutta velocità Gert raccontò del maso.

– Hannes mi diceva di ascoltare musica. Mi aveva regalato delle cuffie. Capitava che mi addormentassi.

– Perché voleva che ascoltassi musica?

– Per non sentire quello che faceva lui.

– Lo sapevi?

Gert scosse la testa.

– Negativo. Ho capito solo quando ho visto. Quel giorno, al maso, ho sentito. Ho...

Martini gli sfiorò la spalla con la mano.

– Adagio.

– Gemiti. Grida. In lontananza. Ero nel Renault, Hannes dentro al maso. Le grida erano piú forti della musica, cosí sono sceso. Per capire.

– Era notte?

– Affermativo. Le grida venivano dal maso. Una delle voci era di Hannes. L'altra... Hannes mi aveva detto che noi eravamo la Resistenza. Mentiva, mentiva, mentiva. Sono entrato nel maso e ho visto. Hannes, con una ragazza. Giovane. Come Dora. Lui...

Martini strinse il volante fino a far sbiancare le nocche. Affondò il piede sull'acceleratore.

– Le stava facendo del male.

– Affermativo. Abbiamo litigato, Hannes voleva picchiarmi, ma la ragazza è scappata, Hannes mi ha preso la pistola e l'ha uccisa. *Bum.* Era un pessimo tiratore, ma quella volta... Ha detto che era colpa mia. La ragazza era ancora viva. Hannes allora ha usato un bastone... Poi mi ha detto di andare a recuperare quella specie di acido dentro il camion.

– E tu, – fece Martini, – hai visto gli occhi nel buio.

Gert si asciugò una lacrima.

– Affermativo. Tante piccole Dora nel cassone del Renault. Alcune piú grandi, altre piú piccole. Gridavano. Piangevano. Avevano paura. Con gli occhi grandi, grandi. Ma non scappavano. Ho preso l'acido e sono tornato da Hannes. Abbiamo...

Martini pensò alle fotografie che Tamanin gli aveva inviato. – Nascosto il cadavere. Terza stanza del piano superiore. Alto e Basso sapevano della ragazza uccisa?

Gert non rispose. Dal maso erano iniziati gli incubi. Gli era sembrato di morire. Poi era arrivata Dora, con la sua idea di liberare la lince, e questo aveva salvato Gert dalla pazzia assoluta in cui stava sprofondando. Perché c'era di peggio della morte. C'era il retro del Renault. C'erano quegli occhi. Le mani che imploravano e che, nei sogni, lo volevano ghermire. Dora aveva dato a Gert una speranza di salvezza.

– Gert?

Gert si scosse.

– Affermativo, lo sapevano. Ma non gliene importava niente. Dissero solo che Hannes avrebbe dovuto pagare per il danno. La ragazza, quella del maso, era bionda. Valgono di piú.

Pa-ga-to.

La pioggia era ormai diventata temporale. I tergicristalli del vecchio Defender facevano il loro dovere. Gert se ne stava con lo Spas fra le gambe, la fronte appoggiata al finestrino a guardare la foresta sfilare ai margini della carreggiata. Il cellulare di Martini squillò. Controllò il display. L'unico nominativo presente nella rubrica del suo smartphone.

Martini se l'aspettava.

– Generale, – disse.

– Come stai, Viktor?

– Indaffarato.

– Sei a Testaccio, ragazzo?

– Non cosí nella merda, signore.

– Ti daranno la caccia.

– Lo spero, signore. È il loro lavoro.

– E il tuo qual è?

– Fermare quei due. Loro, come li chiama Gert. La gerarchia. Gli occhi nel buio. Un uomo miope in un magazzino sotterraneo. Faccia lei.

Dall'altro capo della linea Viktor sentí il generale sospirare.

– Se Gert ti ha detto dove si trova Dora, puoi dirlo a me.

– Gert non mi ha detto dove si trova Dora, signore. Mi ha detto dove si *troverà* e insieme a chi.

– Ci sono quelli del Gis, abbiamo gli elicotteri. Ti prometto…

Martini lo interruppe.

– L'ultima volta che mi ha promesso qualcosa, signore, ero in un ospedale psichiatrico, imbottito di porcherie. Mi ha promesso che il dolore se ne sarebbe andato. Sa una cosa? Era una cazzata e lei lo sapeva benissimo. Ma va bene cosí. Perché adesso quel dolore mi serve.

– Perché?

– L'ha detto lei, qual è l'animale piú pericoloso, generale.

Leoni abbassò la voce, quasi stesse cercando di trattenere le lacrime.

– Ti prego ragazzo, lascia fare a me. Aggiusteremo ogni cosa, salveremo la ragazzina. Non è Tanja, Viktor. E non è nemmeno Svetlana o Sally o... Non è lo Squartatore. Lui è morto.

– È lo stesso maledetto cancro. Gente che compra e gente che vende. Le dice niente?

Gert fece un gesto, indicando la direzione da prendere. Martini scartò a destra, verso uno sterrato. Presto avrebbero dovuto proseguire a piedi. Non vedeva l'ora. L'acqua l'avrebbe aiutato a ingoiare il sapore di muco e metallo.

– *Human trafficking*, – fece Leoni. – Dov'è Dora, Viktor?

– Si trova dove si trovano tutte le Dora di questo mondo, signore. Al centro. Esattamente al centro.

Il Defender sobbalzò. Una sbarra di legno gli si parò davanti. Martini la sfondò.

– Al centro di cosa, Viktor?

– Solo che il centro non può reggere, generale.

Orlandi lasciò che il telefono squillasse due volte.

– Sono in vivavoce?

Orlandi spinse il pulsante.

– Sissignore.

– Capitano Orlandi ha il via libera per quanto riguarda l'operazione di recupero del detenuto evaso, ma sarà il sottotenente Russo a intervenire *in loco*, lei si limiterà a tenere pulito il perimetro. Sottotenente Russo, da quanti uomini è composta la sua squadra?

– Siamo in cinque, ma possiamo farne arrivare altri venti da Bolzano e Trento.

– Capitano, ha sotto gli occhi una mappa? Voglio che lei e i suoi uomini, insieme alle pattuglie della Ps che le invierò al piú presto, blocchiate il settore compreso fra F4, F7, H1. Un cordone di sicurezza. Ha inteso? I due fuggitivi sono in quella zona. Abbiamo tracciato il cellulare di Martini. Sia lei che il sottotenente Russo avete il mio permesso di intervento e di uso, se necessario, di forza letale. Ripeto, forza letale. Russo: cercherò di farle avere rinforzi nel piú breve tempo possibile, nel frattempo sta a lei decidere se attivarsi con i suoi uomini o attendere. È perentorio l'ordine di non utilizzare velivoli. Usate le jeep fino al limite del cordone di sicurezza, di lí a piedi. Non voglio rumore, chiaro?

– Signore?

– Prego, sottotenente.

– Mi sfugge il bersaglio principale. Martini e Schafer, giusto?

– Martini, Schafer e tutti coloro che troverete all'interno del perimetro. Tutti, e sottolineo il *tutti*, sono da considerarsi soggetti armati e pericolosi.

Il capitano Orlandi scambiò uno sguardo incredulo con il sottotenente dei Gis.

– Tutti? Tutti chi? Stiamo ancora parlando di un'evasione, signore?

Il generale Leoni si abbandonò contro lo schienale della poltrona nel suo ufficio di Bolzano, chiuse gli occhi e pensò alle ultime parole che Viktor gli aveva rivolto. «Il centro non può reggere». Era il verso di una poesia di Yeats, si intitolava *Il secondo avvento*. Durante la degenza nella clinica psichiatrica Viktor la recitava spesso insieme a quella di Tanja.

– *Le cose si dissociano; il centro non può reggere*, – mormorò Leoni. – *E la pura anarchia si rovescia sul mondo, la torbida marea del sangue dilaga, e in ogni dove annega il rito dell'innocenza*...

Si fermò.

Come andava avanti? Ricordava solo i due versi finali. Quelli li ricordava bene.

Quando la foresta li inghiottí si sentirono solo lo sgocciolio dell'acqua, il rombo di tuoni lontani e l'eco delle ultime parole di Viktor prima di inoltrarsi nel folto della macchia. «*E quale rozza bestia, finalmente giunto al suo tempo avanza verso Betlemme per esservi incarnata?*»

La foresta non rispose.

Gert sí.

– Juju, – mormorò. – Juju sta arrivando.

La zona morta

Alto e Basso sapevano che Hannes allungava le mani sulla «carne». Sapevano anche che ne aveva fatto sparire una, al maso Wieserhof. Hannes aveva detto che la tizia era scappata e che Gert aveva dovuto abbatterla, poi con la soluzione del Renault avevano sciolto il cadavere. *Puff*, non c'era piú. Stefano, quando aveva saputo dell'accaduto, aveva commentato: «Nessun cadavere, nessun reato. Ma che non si ripeta. E niente paga le prossime due volte. Le bionde valgono di piú». A maggio, però, Basso si era accorto che qualcosa non andava, nel cassone del Renault.

L'odore era diverso.

«E allora? Magari ha cambiato marca di candeggina», aveva scherzato Alto. Però Basso, quando si ficcava in testa un'idea, era capace di rimuginarci sopra per settimane. A maggio, mentre Hannes accompagnava la carne in fila indiana e a testa china verso un Tir con targa olandese che le avrebbe portate chissà dove, Basso ne aveva approfittato per dare un'occhiata.

Da uno stipetto nell'abitacolo aveva preso guanti e occhiali protettivi. Con delicatezza aveva iniziato a svitare il coperchio del barile in cui era conservata la soluzione «pulisci-tutto».

«Che stai facendo?»

Per poco Alto non gli aveva fatto venire un infarto.

«Controllo».

«Gert si sta agitando. Sbrigati».

«Lo scemo?»

«Ha una pistola. E mi sembra piú nervoso in questo periodo. A te no?»

«A me sembra il solito mentecatto».

Basso aveva aperto il barilotto.

«Merda».

L'acido non c'era. Al suo posto, tre panetti sigillati. Non bisognava essere dei geni per capire di cosa si trattasse. Hannes stava facendo il furbo.

I due bracconieri si erano intesi al volo, come sempre quando c'era da premere il grilletto. Erano entrati in quella specie di feeling che permetteva loro di comunicare senza dover parlare. Basso aveva richiuso il barilotto, si era sbarazzato di occhiali e guanti e con un sorriso era uscito dal retro del Renault. Hannes, salutato l'autista del Tir, aveva mostrato loro quattro buste di contante. Una per Basso, una per Alto, una per Gert e una per sé. Alto e Basso sapevano che del contenuto della busta Gert vedeva al massimo qualche spicciolo, ma non gli era mai importato. Si erano salutati come niente fosse. Hannes e Gert erano tornati al parco-zoo a bordo dell'autocarro, mentre Alto e Basso avevano preso la solita strada. Giusto per qualche chilometro. A un distributore di benzina avevano fatto dietro-front, si erano immessi nel traffico dei pendolari, poi avevano parcheggiato a un isolato di distanza dall'appartamento di Hannes, avevano scassinato la serratura e lo avevano aspettato. Senza fumare.

Quando Hannes era rientrato, a notte inoltrata, era mezzo sbronzo e su di giri per via della cocaina. Alto lo aveva colpito al plesso solare, mozzandogli il respiro. Basso gli aveva infilato una coperta sulla testa, lo aveva afferrato per il collo e lo aveva spinto verso il bagno. Alto aveva chiuso la porta con delicatezza, per non insospettire i vicini, aveva aperto l'acqua della vasca e acceso la radio. Gli avevano tolto la coperta dalla testa e lo avevano pestato per bene. Colpi mirati, per non lasciare lividi esposti. Stomaco, fegato e reni, soprattutto. Poi, una volta riempita la vasca, avevano afferrato Hannes e ce lo avevano buttato dentro.

Hannes ci aveva messo un po' a tornare alla realtà: due uomini facevano dondolare una radio a pochi centimetri dall'acqua in cui era immerso fino al torace.

«Abbiamo staccato la presa a terra».

«Perché?»

«Niente salvavita».

«Perché?»

«Perché hai fatto il furbo».

«Io non...»

«Vuoi morire cosí?»

Hannes aveva iniziato a piangere. La vista di quell'ometto viscido che piangeva aveva fatto provare ad Alto l'impulso di mettere in pratica la minaccia. Una bella scarica elettrica e problema risolto. Non lo aveva fatto solo perché sapeva che la morte di Hannes avrebbe suscitato domande. Non da parte della *Polizei* austriaca, ma da parte di quelli che stavano sopra Stefano. Quelli che reggevano le fila del traffico di carne. L'organizzazione al cui apice sedeva Juju.

Alto, Basso, Hannes e Gert avevano incontrato Juju una sola volta e non avevano intenzione di ripetere l'esperienza. Juju era materiale per incubi. Come aveva detto Stefano prima di introdurli: «La seconda volta che incontri Juju significa che stai per morire».

«Pensi che siamo due idioti?»

«No, non lo penso».

«E invece sbagli. Noi siamo due idioti. È il motivo per cui ci hanno scelti per questo lavoro».

Hannes li aveva guardati, confuso. Cosa poteva dire per impedirgli di ucciderlo? Era rimasto in silenzio. La radio mandava in onda *99 Luftbaloons.*

«Indovina? Se due idioti come noi hanno capito il tuo trucco...»

Hannes cominciò a battere i denti.

«Non succederà piú, non...»

Mentre Gabriele Susanne Kerner, alias Nena, cantava di piloti da caccia che si credevano Capitan Kirk, Hannes aveva raccontato di un debito di gioco, di un favore a un amico, di essersi fatto prendere la mano e che quella sarebbe stata l'ultima, lo giurava, l'ultima spedizione. Tutto risolto. Non era necessario ricorrere alla violenza. Lasciamo perdere la radio e i kilowatt penzolanti.

«Non volevo fregarvi. Non volevo...»

«Prega solo che non l'abbia scoperto».

«Chi?»

«Juju».

Gli uomini del Gis partirono poco prima della mezzanotte, silenziosi e concentrati. Le gazzelle della polizia si erano unite alle pantere dei carabinieri lungo il perimetro disposto dal generale Leoni, e lo stesso Leoni, atterrato meno di mezz'ora prima, era piombato su di loro come un'aquila inferocita.

Melan se ne stava in disparte a osservare la stazione di San Candido che si svuotava. La dottoressa Pellegrini era uscita nella zona fumatori, una delle sigarette di Terlizzi fra le mani, ancora indecisa se accenderla o no. Quando il brigadiere riemerse dall'ufficio comando era pallido e sudato. Melan si mise sull'attenti.

– Sta partendo una caccia all'uomo.
– L'ho visto.
– Sai chi è il bersaglio?
– Schafer?
– E Martini.
Melan si portò le mani al viso. Terlizzi si schiarí la voce.
– Ricordi il nostro primo fermo, Melan?
Come dimenticarlo. La Cbr rossa. Il tizio a cui l'avevano sequestrata aveva dato di matto; Terlizzi l'aveva atterrato, e la moto era stata sequestrata perché il motore era truccato. C'era un processo in corso. Terlizzi allungò al giovane carabiniere una chiave.
– È in fondo all'hangar.
– Ma...
– Sotto il sedile c'è una mappa. Sulla mappa ci sono delle indicazioni.
– L'ordine è di restare qui ad attendere...
– *Vidi, talía e va adashu*, – Terlizzi tentennò, lo squadrò da capo a piedi. – Rettifico. Vai veloce come il demonio, Melan. E portati la Beretta. Quella è gente... – scosse la testa. – No, quella non è gente. Capisci?
Melan passò dalla porta sul retro, correndo sotto la pioggia. Quando uscí dall'hangar, con il casco infilato nel gomito e spingendo la moto, si accorse che qualcuno lo stava aspettando, braccia conserte e sigaretta ancora spenta fra le dita. La dottoressa Pellegrini. L'aveva dimenticata.
– Qualunque cosa tu stia facendo la faremo insieme.
– C'è un solo casco.
– Balle. Alza il sedile.
Insieme al secondo casco c'era la mappa di Terlizzi.
– Cos'è quella?
– Indica la posizione del cellulare di Martini.
– Chi te l'ha procurata?

– Non...

– Parla.

– Terlizzi. Credo sia... spaventato.

La Pellegrini si infilò il casco. – Motivo in piú per sbrigarsi.

Melan le mostrò la mappa. – Sono strade sterrate. Con questa moto è un bel rischio.

– Mi fido di te.

– C'è la possibilità di un conflitto a fuoco.

– Hai la Beretta?

– Certo.

– Come te la cavi al poligono?

– Ho una buona media.

La dottoressa Pellegrini salí sulla moto.

La visibilità, fra l'acqua e l'intrico dei rami della foresta, era scarsa. Il fango e il muschio rendevano ogni passo un azzardo. Gert procedeva con sicurezza, Martini faticava a stargli dietro. Si era fatto consegnare lo Spas e il fucile a pompa lo rallentava. Era pesante e scomodo da maneggiare.

– Gert... – sibilò. – Sei sicuro che sia questa la strada?

– Affermativo. Questa, – spiegò Gert guardandosi attorno, – è la scorciatoia per la strada giusta. Me l'ha insegnata mio padre. Lui conosceva tutte le strade giuste. Qui, in Trentino, in Austria, in Veneto. Era un soldato. Poi l'hanno congedato. Succede a chi disobbedisce. Come te.

– Spero davvero di non essere come tuo padre, Gert.

Se Alto fosse stato presente avrebbe detto che gli occhi di Gert iniziarono a guardarsi dentro.

– Ti piaceva tuo padre? – gli chiese Gert.

– Sono rimasto orfano a quindici anni. Di solito i padri si conoscono davvero solo piú avanti, prima sono una specie di mistero. C'è stato un incidente stradale. Un colpo di sonno, cose che capitano. Ne ho persi due insieme. Mamma e papà. Papà era un carabiniere e l'Arma si è presa cura di me.

– L'uomo che ti ha chiamato?

– Il generale Leoni, sí. Era amico di mio padre. Fu lui a mandarmi in collegio a spese dell'Arma. Ci stavo bene. E mi sono arruolato.

– Perché?

Martini scosse la testa.

– Ci credi se ti dico che non me lo ricordo?

Gert fece spallucce.

– Affermativo.

– Posso farti una domanda, Gert?

– In cambio mi ridai il fucile?

– Nemmeno per sogno. Dov'era Dora? Qual era il tuo rifugio? È l'unico particolare che mi sfugge.

Gert si lasciò sfuggire una risata. – Guerra bianca.

Georg Schafer era un uomo minuto che al figlio sembrava grande come un orso. Sembrava tante cose, Georg Schafer, tranne che un padre. Gert non poteva chiamarlo papà, solo «signore». Di fronte a lui non si diceva sí o no, ma «negativo» e «affermativo». Ed era proibito parlare della mamma. Se Gert si azzardava a nominarla veniva punito. Vergate sulle cosce. Suo padre diceva che nell'esercito lo facevano spesso, per mettere in riga le reclute. Era un modo per spurgare il corpo. Quella del corpo da spurgare era una delle tante teorie di Georg. Ne aveva in quantità. Gli additivi chimici nel cibo per minare la virilità degli uomini, massoni ed ebrei che controllavano il mondo. Un'infinità di teorie, soprattutto quando si attaccava alla bottiglia. In ogni caso, il corpo andava spurgato. Col sudore, il piú delle volte, col sangue, altre. Far spurgare il corpo col sudore a Gert piaceva. Significava stare giorni, magari settimane, all'aria aperta. Dormire nei sacchi a pelo, oppure all'addiaccio. Mangiare poco e patire il freddo, ma anche ascoltare le storie di suo padre. Da sobrio Georg Schafer era un formidabile narratore. Di racconti di guerra, ovviamente, perché Georg Schafer non sapeva parlare d'altro. Vietnam, Afghanistan, quello inglese, quello sovietico e quello americano, Corea, Stalingrado. Georg Schafer però era ossessionato dalla «guerra bianca», come la chiamava lui, la parte della Prima guerra mondiale combattuta sulle vette alpine. A meno quaranta, trascinando mortai di settanta o ottanta chili. Alpini contro Kaiserjäger. *Rollen Bomben*, muli sfiancati dalla stanchezza, epidemie di influenza, valanghe che spazzavano via tutti. I Mascabroni e Cima Undici. Morti. Freddo.

E bunker.

– Come facevi a sapere che non li avremmo controllati?

– *Li avreste* controllati. Ma non quello di Dora.

– Perché?

– Perché quello di Dora è crollato. Ma mio padre aveva scoperto che una parte era ancora integra. Per trovarlo devi sapere esattamente dov'è, altrimenti... Negativo.

– E come fai a sapere dove Alto e Basso stanno portando Dora?

– Non hanno scelta. È dove abbiamo incontrato Juju la prima volta.

La telefonata era arrivata da Stefano. Era agitato. Aveva detto ad Alto che Hannes usava il Renault per portare avanti un affare parallelo. Droga. Cocaina ed eroina. Aveva letto di quei due morti di overdose nei bagni della stazione dei treni di Trento? Di quell'albanese morto in un incidente d'auto a Salisburgo? Del tizio sparito a

Vienna? Dei due fratelli rimasti uccisi da un incendio a Terlano?

«Facevano parte della gang con cui Hannes si è messo in affari. A loro è andata bene. Sono crepati in fretta. Di solito Juju usa metodi piú… pittoreschi».

Alto aveva la bocca secca, arsa dalla paura. Cosa poteva esserci di peggio che bruciare vivi?

«Pittoreschi?»

«Ci sono voci che non sono voci. E che è meglio non riferire al telefono».

«Ci controllano? Gli sbirri?»

«No».

«Sicuro?»

«Gli sbirri no».

Alto si era dovuto sedere. Le gambe all'improvviso non lo sorreggevano piú.

«Che dobbiamo fare?»

«Voi sapevate dei traffici di Hannes?»

Inutile mentire.

«Sí».

«Da quando?»

«Fine maggio».

Un momento di silenzio, Stefano stava calcolando.

«È per questo che poi ha smesso, giusto?»

«L'abbiamo convinto con le cattive».

Una risata di scherno.

«Tu non sai cosa sono le cattive. Però questo potrebbe salvarci la pelle».

«Salvarci?»

Stefano si era infervorato. «Sono stato io a farvi entrare nel business, giusto? Io ho garantito per voi. Hannes non ha solo fatto dei soldi alle spalle di Juju, non ha soltanto messo a rischio i suoi affari, Hannes ha mancato di lealtà».

«Ma noi l'abbiamo fatto smettere, – aveva balbettato Alto. – Siamo solo due idioti...»

«Hannes. Quel Gert, il mentecatto. Li voglio morti. Sarete voi a farlo».

Tre giorni dopo Alto e Basso erano dietro le rocce di zona Geiger che attendevano l'arrivo del Renault. Avevano un piano perfetto per uccidere Hannes e Gert.

O cosí credevano.

All'improvviso la salita, come era iniziata, finí su un picco spazzato dal vento e cominciò la discesa. Martini si dovette aggrappare ai tronchi dei larici per non scivolare. Arrampicarsi con il fango era un'impresa. Scendere in mezzo a quel temporale significava rischiare l'osso del collo. Eppure Gert, sempre davanti, saltellava da una zolla all'altra con la grazia di un folletto, evitando le radici nodose degli alberi e le pietre viscide che emergevano dal terreno.

Il temporale non scemava, anzi, la sua intensità sembrava raddoppiare a mano a mano che i minuti scorrevano, quasi volesse incitarli a fare in fretta.

Il generale Leoni lo aveva chiamato di nuovo. Non certo per localizzarlo, quello l'avevano fatto già da tempo. Liberarsi dello smartphone sarebbe stato inutile. Di certo nella stazione di San Candido c'era uno schermo che indicava la loro posizione. Montagne permettendo. In ogni caso, presto o tardi sarebbero piombati loro addosso quelli del Gis. Se cosí fosse successo, per Dora sarebbe stata la fine. Per questo Viktor e Gert procedevano infischiandosene del fango e della pioggia. Era una gara di velocità. Viktor non aveva risposto alla chiamata del generale perché c'era un solo motivo per cui Leoni lo stava chiamando: suo padre. A Gert aveva detto che Leoni e suo padre erano stati amici, ma in realtà il generale era stato qualcosa di piú per suo padre: Leoni gli aveva salvato la vita durante un banale controllo lungo una strada secondaria. Una station wagon con targa pulita e documenti in regola. Il tizio alla guida però era sembrato agitato, cosí suo padre e Leoni l'avevano fatto scendere, pensando che avesse della droga nascosta, dell'hashish o magari dei panetti di cocaina. Mentre il padre di Viktor scambiava due chiacchiere con quell'uomo sempre piú nervoso, Leoni aveva controllato il bagagliaio: c'era una donna, imbavagliata, pesta ma viva nonostante il profondo squarcio all'addome. La moglie dell'uomo, anche se questo i due ancora non potevano saperlo. Come non potevano sapere della pistola che l'uomo aveva brandito contro il padre del capitano Martini, immobilizzato dalla paura.

Leoni era stato piú svelto. Un colpo al ginocchio, preciso, un calcio alla pistola per scaraventarla lontano, manette, radiomobile per chiamare rinforzi e ambulanza. Per il Martini bambino, quell'uomo con i baffi e la fronte solcata di rughe era lo zio che aveva salvato la vita di papà.

Oggi era quanto gli restava della sua famiglia.

Se Viktor fosse morto, al suo funerale ci sarebbe stato solo lui. Meglio cosí, pensò Martini. Meno dolore sul piatto della bilancia. La storia di Dora non poteva avere un happy end. In ogni caso. Anche se avesse salvato la bambina (non *se*, si disse, lei non è Tanja, lei si salverà, e dopo salverà anche quei dannati cuccioli di lince) lui avrebbe perso la divisa e probabilmente parecchi anni di libertà.

L'idea di perdere la divisa, stranamente, gli fece provare una fitta. Si era arruolato per affetto nei confronti di quello «zio» che gli aveva tenuto la mano sulla spalla al funerale dei genitori. Dopo l'addestramento aveva preferito un po' d'azione prima dell'accademia perché voleva mettersi alla prova. Quando la strada gli aveva mostrato ciò di cui era capace, Martini era entrato in accademia perché voleva giustizia. La giustizia gli era sembrata importante.

Poi c'era stata la faccenda dello Squartatore.

Quando si era infilato giú per le scale del magazzino sotto il *Pretty Reckless*, voleva vendetta. Dopo tutte le ore, i giorni, le notti passate a vagliare testimonianze tentando di immaginare quelle ragazze nel pieno della vita, ritrovandosi a parlare con loro come un negromante che interroga i morti, Martini voleva solo piantare una .45 ACP in faccia al mostro. Il punto vuoto al centro di quella ragnatela di interconnessioni fra vite spezzate. Poi il mostro era morto e lui aveva capito di aver perso anche il desiderio di vendetta. Il lutto, aveva scritto Tanja, è amore che non può piú tornare a casa. Però l'amore poteva trovare un'altra casa. Forse meno accogliente, di sicuro diversa. Ma poteva farcela. Cosa succedeva, però, se la tua anima spalancava gli occhi e scopriva che i ratti erano sempre affamati e che c'era un prezzo per ogni cosa? Dove poteva cercare rifugio quell'anima? Al padiglione W dell'ospedale psichiatrico Santa Maddalena di Orvieto, ecco dove. Lí, in solitudine, Martini aveva accettato l'offerta di Leoni. Restare ancora un po' fra i buoni. Farsi mandare in un posto tranquillo. Un po' di routine. Poi, aveva detto, decideremo insieme, ti va, ragazzo?

«Generale?»

«Sí?»

«Noi siamo i buoni?»

«Noi siamo quelli che dànno la caccia ai cattivi. E tu sei bravo a farlo».

Era andata male. Dora, Gert...

– Ecco il posto, – sussurrò Gert gettandosi a terra.

Una baracca di lamiera. La baracca dava su una strada sterrata. Martini capí perché Gert aveva scelto quella scorciatoia. La baracca permetteva una visuale quasi a trecentosessanta gradi. Quasi. Gert e il capitano Martini si trovavano nell'unico punto cieco a circa cinquanta metri in linea d'aria.

Felci e abeti la cui chioma sfiorava il terreno.

Lui, Gert e lo Spas sarebbero scesi e si sarebbero infilati nella baracca ad aspettare l'arrivo di Dora e di tutti quelli che si sarebbero frapposti fra loro e la bambina. Felci e rami avrebbero garantito una buona copertura. Viktor batté sulla spalla di Gert. Gli fece segno di avanzare. Gert scosse la testa. Si toccò l'orecchio.

Pioggia. Tuoni in lontananza. Un pianto.

Erano arrivati tardi.

Alto aveva scaricato la ragazzina sulla panca sbilenca e lei aveva protestato. Alto l'aveva colpita. Uno schiaffo secco il cui rumore si perse nel frastuono prodotto dalla pioggia contro la tettoia metallica. Tenendosi la guancia, Dora lo guardò con odio. Poco mancò che Alto gliene appioppasse un altro, bello forte stavolta. Ne aveva abbastanza di lei, di quella situazione, di tutto.

Basso si mise fra il compagno e la bambina. Le mostrò le corde da scalatore.

– Devo legarti le mani.

– Non voglio.

– E io non voglio farti del male.

Dora protese i polsi, Basso li legò stretti. Poi le diede una carezza alle trecce scarmigliate.

Proprio come il giorno della creazione, per prima arrivò la luce. Dopo la luce arrivò la jeep. Finestrini oscurati, abbaglianti accesi e fari sul tettuccio sparati al massimo.

Non hanno paura di farsi notare, pensò Martini. Il fuoristrada si fermò. Lampeggiò. Due uomini, carabina in spalla, emersero dalla baracca proteggendosi il viso dalla luce accecante: Alto e Basso. Fra di loro, Dora. Lo sportello del passeggero si dischiuse, ne uscí un uomo, alto. Indossava un impermeabile blu. Aprí l'ombrello.

Anche l'ombrello era blu.

Tutti i nomi

L'uomo con l'impermeabile blu tirò fuori una penna d'oro e un minuscolo taccuino.

– È bionda, non avete mentito –. Aveva una voce come il frinire degli insetti nei pomeriggi d'estate. Poi si rivolse alla bambina: – Come ti chiami?

– Dora.

– Dora, e poi?

– Dora Maria Holler.

L'uomo segnò il nome sul taccuino. Dora aveva i brividi e la febbre alta. L'uomo vestito di blu infilò con cura il taccuino e la penna all'interno dell'impermeabile, estrasse la pistola e sparò. Alto e Basso crollarono a terra. L'uomo con l'impermeabile si avvicinò e piazzò un secondo proiettile in testa a ciascuno, ripose la pistola e slegò le mani della bambina. Dora non provò a fuggire. Era paralizzata. I fari del fuoristrada si spensero. La portiera del guidatore si spalancò.

– Duecento euro buttati.

La dottoressa Pellegrini, scalza, inzaccherata di fango dalla testa ai piedi, non faceva che ripeterlo. Melan si era accorto delle scarpe della Pm, scarpe da tribunale, non da sentiero, solo quando erano arrivati a destinazione, ore prima – o cosí gli pareva, perché da un pezzo aveva perso il senso del tempo. Seguendo le indicazioni della mappa aveva parcheggiato la Cbr in uno slargo sul ciglio della strada. Da lí, scavalcando il guard-rail e proseguendo per una cinquantina di metri si poteva raggiungere un sentiero che li avrebbe condotti nella zona in cui il segnale di Martini era stato intercettato.

Piú o meno.

Melan aveva usato la scusa delle scarpe per convincere la Pm ad aspettarlo, ma lei non aveva voluto sentire ragioni. Se le era sfilate, le aveva gettate e aveva iniziato la discesa su quello che ora, piú che un sentiero, sembrava un torrente. Melan si era affrettato a superarla, la Beretta in pugno.

Da allora non c'era stato altro che lo scroscio della pioggia, i tuoni e la dottoressa che borbottava sempre la stessa frase. Un modo come tanti per per scacciare il nervosismo.

Quando sentirono i primi due colpi, in lontananza, Melan e la donna si nascosero dietro il tronco di un abete. Il carabiniere si portò il dito alla bocca. La Pellegrini annuí. Altre due detonazioni.

– Di là, – fece Melan.

La bambina aveva le treccine. Gliele faceva sua nonna ogni domenica, dopo la messa. La metteva seduta su un cuscino, si accomodava alle sue spalle e raccontava. Storie di alberi magici, di animali straordinari e di bambini coraggiosi, di spiriti dispettosi e di spiriti che vagavano in cerca di anime perse.

«Per farci cosa, nonna?»

«Per mangiarle. Sono gli spiriti dei morti-morti».

C'erano i morti-vivi e i morti-morti. I primi, i buoni, erano quelli che le famiglie ricordavano nelle loro preghiere. Gli altri erano spiriti di persone il cui nome era stato dimenticato e che, non trovando pace, erano diventati cattivi. La mamma diceva che era stupido ficcare in testa alla bambina certe superstizioni. Le tabelline erano piú importanti dei morti-morti e dei morti-vivi, e aveva ragione, eppure la bambina con le treccine ripeteva i nomi dei morti-vivi della sua famiglia quando, ogni mattina, s'inoltrava nella foresta per compiere la sua missione.

Non linci da salvare, linci non ce ne erano da quelle parti, ma la missione della bambina con le treccine, che aveva nove anni quando accadde ciò che accadde, era comunque importante. Anche se il mondo era andato avanti, come diceva il maestro di scuola, c'erano cose che non cambiavano mai: fame, sete, malattie. Per le malattie la bambina con le treccine non poteva fare nulla, prima doveva diventare una dottoressa, come sognava, per il cibo c'erano sua madre e suo padre, la terra da coltivare, il mercato in cui vendere la frutta, la verdura, o la carne delle bestie macellate. La sete era la sua missione: attraversare la foresta, raggiungere il fiume, infilare la giara nell'acqua, sollevarla, adagiarla sulla testa e tornare indietro. Tre chilometri all'andata andata e tre al ritorno.

«Ciao giocattolino», disse l'uomo sbucato dalla foresta. Aveva denti rotti, occhi privi di pupilla, e il suo francese storpiava le parole. Invece di *petit jouet* aveva detto *ptí juju*.

La bambina aveva riso. Juju suonava bene.

«Ciao», ripose ridendo, senza sapere che quella sarebbe stata la sua ultima risata. L'uomo le fece cadere la giara, la strattonò per i capelli e la trascinò nella foresta.

Dopo sei mesi l'uomo con i denti rovinati scoprí che Juju era una yoruba e fu preso dalla paura. Le donne yoruba erano streghe. Masticando khat pensò di ucciderla. Aveva ucciso talmente tante donne e uomini da aver perso il conto. Però Juju gli piaceva. Passati i primi tempi in cui l'aveva morsicato e graffiato, aveva capito le regole. Se c'era da preparare da mangiare lo faceva. Se c'era da stendersi per terra e fare quello che le donne dovevano fare, lo faceva senza lamentarsi. Se lui decideva di prestarla a qualche fratello del gruppo, la bambina diceva grazie e prego.

Però Ptí Juju era una yoruba. Monsieur Smith, cosí si faceva chiamare l'uomo che aveva rapito la bambina con le treccine, sapeva che uccidere una strega portava male anche se nella Bibbia c'era scritto che le streghe andavano lapidate. Non aveva idea di cosa significasse lapidare una persona, ma sapeva che il suo AK47 avrebbe fatto saltare quella testolina da strega in un attimo. Che fare di lei? Si decise in un giorno di pioggia. Usando un po' di schiuma da barba e il coltello da caccia le rasò il cranio, la imbottí di khat e la colpí con forza sulla faccia. Era un peccato, perché Juju era bella, ma bisognava che i mercanti non capissero che stavano comprando una strega.

La barattò per tre caricatori di AK piú cinque dollari americani, che al cambio con il franco Cfa in uso in Benin non era un granché, ma almeno, si era detto abbandonando la bambina senza piú treccine, si era tolto la strega di torno.

Il «nuovo» Monsieur Smith rimise Juju in forze. Era grasso e molto ricco. Aveva l'acqua corrente in casa. Le diede cibo e le fece passare la febbre che la tormentava da quando il bandito della foresta l'aveva catturata. Una volta guarita aveva preso ciò che gli uomini prendono alle donne. L'aveva comprata ed era sua, non c'era niente di male, dopotutto. Juju aveva dodici anni quando partorí il figlio dell'uomo grasso. Al termine del parto l'ostetrica glielo mostrò, dicendole che non l'avrebbe piú rivisto. Juju pianse. Anche l'ostetrica era una yoruba, e quella notte le spiegò che le donne yoruba non piangono mai. Juju si asciugò le lacrime. Da allora non pianse piú.

Dopo il parto l'uomo grasso si stufò di lei. Stava diventando una vecchia, disse. Il giorno seguente la vendette a uomini che quando pregavano si inginocchiavano a est parlando una lingua sconosciuta. Adoravano il sole, pensava Juju, come facevano gli uomini e le donne di cui la nonna raccontava. Le piacquero subito. Il sole, l'acqua e la terra non avevano mai fatto male a nessuno.

Gli uomini la usavano, ma era un supplizio a cui Juju si prestava senza provare piú nulla. Sperava solo di non restare incinta di nuovo, perché gli uomini che adoravano il sole avevano la pelle piú chiara della sua, di una sfumatura appena piú bruna di quella che ricordava del prete del villaggio. Un colore malaticcio, orribile, che diventava rosso quando il sole splendeva. Non voleva partorire un simile mostro. A quattordici anni Juju vide per la prima volta il deserto e capí che il sole e la terra potevano essere crudeli. Non c'erano alberi, non c'erano animali se non serpenti e scorpioni. Non c'era acqua, nemmeno una goccia per chilometri e chilometri. Terra e sole. Juju li maledisse. Il viaggio durò cinque settimane e delle cinquanta donne, tutte fra i tredici e i sedici anni, sette morirono. Juju non pianse per loro, ma ascoltò le preghiere di una delle compagne, una yoruba come lei. Una strega. In cinque settimane la strega le spiegò che quanto sua nonna le aveva raccontato era vero. I morti-vivi, i morti-morti. Le spiegò come rubare l'anima alle persone e usarla. Juju imparò i nomi di spiriti, demoni e creature invisibili, cosí come a scuola aveva imparato la grammatica e le tabelline. La strega, una notte, le disse che quelle come lei sapevano costringere i morti ad avere potere sui vivi.

«Perché allora non ci fai andare via di qui?»

Da allora la strega yoruba non le rivolse piú la parola. Poi venne la città e dopo la città venne il mare. Juju non aveva paura del mare. Il mare era acqua e l'acqua era buona. Finché scoprí che il mare era come il deserto, ma nero. Juju, vomitando per le onde, maledisse l'acqua come aveva fatto con la terra e con il sole.

Capí che il mondo stava andando avanti al suo arrivo in Italia. In uno scantinato vide una donna, grassa e con gli occhi spiritati, sgozzare una gallina e cospargere di sangue ragazze come lei, in fila e a capo chino, farle giurare, farle bere il sangue dell'animale, coprendole di gesso e facendole diventare bianche come i morti. O come le persone che Juju aveva scorto in quel Paese straniero.

Quando fu il suo turno di bere il sangue e giurare, Juju non provò paura. La paura, si accorse, era negli occhi degli uomini che assistevano alla scena. Venivano dalla Nigeria, dal Benin, dalla Libia e da qualche città italiana di cui Juju non sapeva pronunciare il nome. Tutti l'avevano violentata e tutti l'avevano picchiata con occhi come pugnali. Ma di fronte alla Maman che rubava l'anima alle ragazze, erano bambini terrorizzati. Il mondo stava andando avanti, pensò Juju, mentre la strega la malediva e la dipingeva con il gesso, se gli uomini avevano paura di una donna.

Dieci giorni dopo, quando uno degli uomini l'afferrò per i capelli (erano ricresciuti, ma non le era stato concesso di rifarsi le treccine) per violentarla, Juju gli tagliò la gola usando un cucchiaio che aveva affilato con pazienza. Sfilò le chiavi che l'uomo portava alla cintura, la sua pistola e se ne andò, lasciando le altre ragazze a piangere e disperarsi. Con la pistola si procurò del denaro, col denaro si diede una ripulita e comprò nuovi vestiti. Blu, perché era il colore del cielo e il cielo, al contrario di sole, terra e acqua, non l'aveva tradita.

Iniziarono a cercarla. *Credevano* di braccarla, ma era Juju a seguirli. Studiava dove abitavano, chi frequentavano.

Cosa vendevano e a chi lo vendevano. Segnava le targhe delle auto che affittavano la «carne» e segnava chi quella carne la prendeva in consegna. Imparò l'italiano e scoprí il nome della città in cui l'avevano portata. Non le diceva un granché. Era Italia e tanto bastava.

Juju riempí quaderni di appunti. Nomi, indirizzi. Quando fu pronta, si agghindò e si presentò alla villa dove abitava colui che comandava quell'esercito di idioti. Minacciò la guardia con la pistola e si fece portare dall'uomo che tutti chiamavano «capo» ma che lei sapeva essere solo un altro Monsieur Smith qualsiasi. L'uomo urlò, imprecò, la maledisse e lei gli diede il suo regalo.

I quaderni lo impressionarono molto.

«I tuoi uomini non sono efficienti, – disse Juju. – Ho visto dove abitano. Conosco le loro amanti. La polizia...»

Lui la mise alla prova. Prima nel suo letto, poi di fronte alla ragazza strega yoruba con cui aveva varcato il Mediterraneo. Juju eseguí ogni ordine, sia a letto che nell'officina meccanica in cui la giovane era legata. Il mondo stava cambiando, aveva sentito dire Juju all'uomo chiamato «capo», se adesso bisognava rivolgersi ai negri per avere un lavoro ben fatto. Una donna, per di piú. Le diede fiducia.

Juju fece crescere gli affari. Imparò che la strega yoruba non aveva mentito. C'era un modo per comandare sugli uomini: sedurli, metterli gli uni contro gli altri. Lasciare che i morti uccidessero i morti. Quando Monsieur Smith morí, tutti seppero chi l'aveva ucciso, ma nessuno chiese vendetta. Gli eredi, anziché sangue, pretesero parte dei guadagni. Non volevano sporcarsi le mani e si accordarono con lei. Il potere di Petit Juju divenne immenso. Uomini tremavano al cospetto di una donna. Uomini *bianchi* tremavano al cospetto di una donna *nera*. Però Juju era ancora solo Juju. Sentiva che le mancava qualcosa: il potere vero, e il potere vero arriva dai segni.

Il segno arrivò dal cielo, che da blu si fece tenebra proprio nel momento in cui, per la prima volta da che era diventata la regina del commercio della carne, Juju mise in vendita una bambina di nove anni.

Fu quel giorno che Ptí Juju divenne Maman Juju.

E un attimo dopo che l'uomo con l'impermeabile uccise Alto e Basso, Maman Juju uscí nella pioggia. Si sfilò una delle sue collane di perle e la mise al collo di Dora. Le perle erano blu, su ognuna di esse era inciso un simbolo. Dora non ne riconobbe neppure uno. La donna le sorrise e le accarezzò il viso. Aveva mani dure come quelle di suo padre, pensò Dora. Un peccato, perché era molto bella.

«Ancora un minuto, Dora», disse Maman Juju.

Quando la donna mise la collana a Dora, Martini sentí il sangue gelarsi nelle vene. C'era qualcosa di antico e orribile in quel gesto. «Ne vuoi un pezzo?» bisbigliò la voce dello Squartatore nella sua testa.

La donna sparí dalla sua visuale per qualche secondo, Viktor sentí il bagagliaio del fuoristrada aprirsi e richiudersi con un tonfo. Quando la donna tornò portava con sé una tanica di benzina. Ne sparse un po' sui corpi di Alto e Basso, poi gli diede fuoco. La fiamma svettò nella notte e permise a Martini di vedere gli occhi della donna. Erano vuoti. Martini allungò la mano per afferrare lo Spas.

Non c'era. E non c'era nemmeno Gert.

L'uomo con l'impermeabile accompagnò Dora sul retro del fuoristrada, aprí lo sportello e la fece salire. L'abitacolo profumava d'incenso, e c'era una strana musica. L'uomo le agganciò la cintura di sicurezza.

La donna con le collane si mise al posto di guida. Si impadroní del taccuino dell'uomo con l'impermeabile blu, quello su cui aveva trascritto il nome della bambina e lo infilò in tasca, sorridendo.

Dora ne intercettò lo sguardo attraverso lo specchietto retrovisore.

– Tu chi sei? – chiese.

– Maman Juju.

Maman Juju accese il motore, fece inversione. E il mondo esplose.

Dopo aver sottratto a Martini lo Spas, Gert era scivolato silenziosamente in direzione della baracca di lamiera. Quando il fuoristrada fece inversione, si alzò e iniziò a correre a perdifiato. Sparò tre volte. Colpí il lunotto posteriore del fuoristrada, lo spazio tra finestrino e portiera del passeggero, la parte anteriore del fuoristrada, fra pneumatico e motore.

Il fuoristrada proseguí a fatica nella manovra. L'uomo con l'impermeabile blu spalancò la portiera e, mentre Maman Juju accelerava, aprí il fuoco contro Gert, che gridava come un ossesso. L'uomo con l'impermeabile era un buon tiratore, ma un frammento del finestrino esploso gli aveva coperto l'occhio sinistro di una patina rossastra. La sua mira fu imprecisa: solo il quinto proiettile centrò il bersaglio al petto.

Gert cadde in ginocchio in mezzo allo sterrato. Maman Juju vide l'uomo a terra mirare, ma non tentennò. Diede gas. L'impatto uccise Gert all'istante. Il fuoristrada non sbandò neppure.

Dora continuava a urlare. Maman Juju pensò che tempo qualche mese e avrebbe smesso di farlo. C'erano uomini che si sarebbero presi cura di lei. Era bionda.

Martini raggiunse Gert, la schiena ritorta, la testa girata in posizione innaturale. Gli chiuse gli occhi, riempí il serbatoio del fucile a pompa e si lanciò a capofitto nella foresta.

Ringhiando.

Il primo a raggiungere lo sterrato fu Melan. Quando udí il motore del fuoristrada e vide i fari in avvicinamento gridò alla dottoressa Pellegrini di mettersi al riparo, divaricò le gambe e puntò la Beretta contro il veicolo.

– Carabinieri, – urlò.

Il fuoristrada ruggí.

Melan sparò un colpo in aria.

– Carabinieri.

Dal finestrino del passeggero spuntò una pistola. Melan sentí un proiettile sibilargli accanto. *Vidi, talía e vai adashu*, si disse. Il fuoristrada era a trenta metri da lui. Melan fece fuoco, mirando al motore, lo colpí, ma il fuoristrada non arrestò la sua corsa. Un secondo e un terzo proiettile lo mancarono di un soffio. *Adashu.* Melan restò immobile. Il fuoristrada iniziò a sbandare. Venti metri. Melan udí altri tre sibili. Non si mosse. *Adashu*, si ripeté. Quindici metri. Dieci.

L'uomo con l'impermeabile imprecò e si sporse dal finestrino ma non fece in tempo a premere il grilletto. Melan sparò e si gettò di lato. Non abbastanza velocemente, il fuoristrada lo colpí al fianco, facendolo volare. Melan udí le ossa che si spezzavano e pensò che erano le *sue* ossa. Il motore del fuoristrada rumoreggiò e il mezzo si schiantò contro un albero.

Melan scoppiò a ridere. – Uno a uno...

– Come... – una voce femminile. La Pm.

– Tutto okay, – disse il carabiniere. Poi svenne.

La dottoressa Pellegrini afferrò la Beretta, ma Viktor si materializzò dall'oscurità e la fermò.

– Lasci stare, – diede un colpetto a Melan che aprí le palpebre mugolando. – Tenga sveglia la recluta. Mi serve per il verb...

L'uomo con l'impermeabile blu si stringeva il petto con la mano, zoppicava e gli puntava la pistola contro. Viktor pensò che stava per morire, non c'era tempo per alzare lo Spas e fare fuoco. Prima vide la faccia dell'uomo con l'impermeabile blu esplodere, poi udí la detonazione, e quindi la Pellegrini lasciar cadere la Beretta di Melan.

– Dora, – gridò la Pm, poi si chinò sul carabiniere ferito.

Maman Juju odiava quella foresta. Odiava tutte le foreste. Recuperò la pistola da sotto il sedile, la Glock di scorta, scese, spalancò la portiera sul retro, afferrò Dora e prese a correre. Chi erano? Poliziotti? Era una trappola? In molti si sarebbero pentiti di ciò che stava accadendo.

Alzò gli occhi al cielo, ma era scomparso. La pioggia le velava la vista e la terra la costringeva ad arrancare. I tuoni la stavano inseguendo. C'era magia cattiva in giro. Si diede della stupida. L'unica magia era quella di trasformare donne e uomini, bambine e bambini in denaro.

Ma il cielo non si vedeva, la terra la faceva scivolare, l'acqua la faceva rabbrividire dal freddo e i tuoni continuavano a inseguirla. No, non i tuoni, era l'uomo che urlava e sparava. Maman Juju si voltò. L'uomo con il fucile l'aveva raggiunta. Imbracciava l'arma tenendo la canna al cielo. Piombo, non tuoni. Solo uno stupido uomo. Maman Juju puntò la Glock alla tempia della ragazzina e sorrise.

– Ne vuoi un pezzo? Quanto hai nel portafogli, Monsieur Smith?

Lo Spas deflagrò tutta la sua potenza al cielo. Una. Due. Tre volte.

– Non farmelo fare! – gridò Viktor avanzando. – Non di nuovo. Non di nuovo, ti prego.

– Un passo e la uccido.

Martini puntò lo Spas alla testa della donna.

– Non farmelo fare.

Fu allora che udirono il lamento. Un gemito spettrale, pieno di rabbia e sofferenza. La prima a reagire fu Dora. Perché anche se aveva la febbre e il piede le faceva male ed era spaventata, Dora capí. Quel gemito spettrale era il verso della lince. Dora affondò i denti nella mano di Maman Juju, che per lo stupore mollò la presa. Barcollando la ragazzina si gettò nei cespugli, poi si lasciò rotolare.

La lince lanciò ancora il suo gemito, che riverberò ammutolendo persino la pioggia.

Maman Juju pensò ai morti-morti che erano stati dimenticati e che non conoscevano perdono. Ricordava tutti i nomi di coloro che aveva ucciso o fatto uccidere. Erano un'infinità, ma aveva sempre avuto buona memoria. E poi c'era il taccuino. Li registrava a uno a uno. Lei ricordava tutti. Perché, allora, i morti-morti avevano portato a lei l'uomo con il viso come un teschio?

Chi aveva dimenticato?

Chi?

L'uomo teschio avanzò. Barcollando. Posseduto dai morti-morti, come raccontavano le leggende, pensò Maman Juju, che iniziò a tremare. Non per la bocca di fuoco dello Spas che l'uomo teschio le appoggiò alla fronte. Tremò perché, all'improvviso, capí di aver dimenticato un nome.

Cadde in ginocchio, nel fango, ai piedi dell'uomo teschio. Maman Juju aveva dimenticato il nome della bambina con le treccine che ascoltava le storie della nonna, era brava con le tabelline e attraversava tutti i giorni la foresta con la giara piena d'acqua. Quella bambina aveva mandato l'uomo teschio a saldare il conto.

– Come si chiamava? – mormorò Maman Juju. – Come si chiamava, quella bambina?

Viktor, il dito sul grilletto. Erano rimasti due colpi nello Spas. Uno per la donna e uno per sé.

– Come si chiamava, – gridò straziata Maman Juju, – la bambina con le treccine?

Spara, disse la voce dell'uomo miope. *L'hai cacciata, l'hai presa. È tua di diritto. Quanto ti è costata? Dolore, sangue, umiliazioni. È tua proprietà.*

Viktor lasciò cadere lo Spas ed estrasse le manette.

Fuori dalla zona

Martini leggeva, godendosi la brezza autunnale. Il libro su Dian Fossey, un regalo di Dora. La bambina gli telefonava ogni giovedí sera. Il cellulare di Viktor era stato requisito per il processo cosí Dora lo chiamava all'ufficio *s*. Gli raccontava di Melan che faceva fisioterapia nello stesso reparto del maresciallo Fanti, della campagna contro la funivia, della scuola appena iniziata. Di un certo Thomas che era proprio carino. Il giovedí era diventato il giorno preferito del capitano Martini.

Viktor si accorse della donna per via del fiore che sbocciava solo al tramonto. La dottoressa Pellegrini si sedette e parlarono un po'. Di Dora. Di Gert. Di Orlandi. Di Leoni. Di Juju. Del processo. Quando fu ora di salutarsi, la Pm gli allungò il suo vecchio telefonino.

– Non è piú una prova, – spiegò. – Pensavo le avrebbe fatto piacere riaverlo.

– C'è solo un numero in rubrica, e lo so a memoria. Però ci ero affezionato, grazie.

– Se aggiunge quello di Dora, ne avrà due.

– Un record.

La Pm sparí dietro l'angolo e Martini attese che il vento portasse via il suo profumo. Prese il cellulare e pensò di chiamare Leoni, dopo la notte nella foresta non si erano piú parlati. Invece uno squillo glielo impedí. Viktor schiacciò il tasto verde.

– Con il mio fanno tre, – disse la dottoressa Pellegrini.

Nota al testo.

La citazione alle pp. 191 e 192 è tratta da William Butler Yeats, *Poesie*, a cura di R. Sanesi, Mondadori, Milano 1991.

Indice

Questo libro è stampato su carta contenente fibre certificate FSC®
e con fibre provenienti da altre fonti controllate.

FSC
www.fsc.org
MISTO
Carta da fonti gestite
in maniera responsabile
FSC® C115118

Stampato per conto della Casa editrice Einaudi
presso ELCOGRAF S.p.A. - Stabilimento di Cles (Tn)
nel mese di gennaio 2020

C.L. 24527

Edizione							Anno			
1	2	3	4	5	6	7	2020	2021	2022	2023